Sophie Bassignac

Verrückt genug fürs Leben

Roman

Aus dem Französischen von
Claudia Steinitz

ATLANTIK

Die Originalausgabe erschien 2019 unter dem Titel
Le plus fou des deux bei Éditions JC Lattès, Paris.

*Atlantik ist ein Imprint des
Hoffmann und Campe Verlags, Hamburg*

1. Auflage 2021

www.hoffmann-und-campe.de www.atlantik-verlag.de
Umschlaggestaltung: Vivian Bencs © Hoffmann und Campe
Umschlagabbildung: © gidlark / unsplash
Satz: Pinkuin Satz und Datentechnik, Berlin
Gesetzt aus der Trump Mediäval und der Hello Beauty
Druck und Bindung: GGP Media GmbH, Pößneck
Printed in Germany
ISBN 978-3-455-01055-8

HOFFMANN UND CAMPE

Ein Unternehmen der
GANSKE VERLAGSGRUPPE

/

Nie im Leben wäre ich freiwillig und ohne Grund in diesen amerikanischen Blockbuster gegangen. Aber der Grund war da. Es war sogar sehr dringend. Mein Freund Dominique André hatte an den Spezialeffekten dieses Hollywoodschinkens mitgearbeitet, und wir würden uns ein paar Tage später bei einem Kolloquium treffen. Ich konnte ihm wahrhaftig nicht unter die Augen treten und zugeben, *Venus backwards* noch nicht gesehen zu haben, das war der Film seines Lebens, der die Hauptstadt seit zwei Monaten wie eine ansteckende Krankheit fiebern ließ. Ich konnte mich auch schlecht damit herausreden, dass ich die Menschenmassen nicht mehr ertrug, die sich in Museen, Theatern und Kinos drängten. Dabei war da durchaus etwas dran. Ich habe ein echtes Problem mit Pflichtterminen. Schlange stehen demütigt mich, und die fröhliche Menge stört mich. Einhelligkeit nervt mich ebenso wie kalkulierter Erfolg, Lärm und Popcorn. Alle regen sich über meine Verweigerung auf und erinnern mich bei jeder Gelegenheit daran, dass ich mich über so eine allgemeine Begeisterung freuen sollte, weil ich als Erste davon profitiere. Das stimmt, ich bin eine Künstlerin, die seit Jahren die Theatersäle mit genau dem Publikum füllt, das sie unter anderen Umständen geflissentlich meidet. Wenn die wüssten, wie ich mich nach dem Zufall zurücksehne, der früher kleine, ziellose Grüppchen in den schlecht beleuchteten und schlecht beheizten Kaschemmen stranden ließ, wo ich mich mit meinen Marionetten produzierte. Alle denken, der Erfolg sei ein sicheres Guthaben, und wenn man es einmal ergattert habe, müsse man es nur noch gewinnbringend anlegen, ohne an irgendetwas zu zweifeln. Inzwischen lasse ich sie reden, ich habe mir angewöhnt, solche Erwägungen gegenüber den Kritikern für mich zu behalten. Ich muss den Leuten nicht mehr begreiflich machen, dass die ambivalenten, nie geklärten, nie beruhigten Gefühle zwischen Leidenschaft und Hass, die ein Künstler der Menge entgegenbringt, kein Spleen reicher Leute sind.

Vielleicht ist es blöd, aber ich gehe nicht mehr ins Theater oder ins Konzert, ich kaufe mir die Kataloge der Ausstellungen, anstatt sie zu besuchen, und habe mir angewöhnt, Kinofilme zu Hause anzuschauen, wenn sie endlich im Fernsehen laufen. Ich pfeife darauf, gleich am ersten Tag im großen Saal dabei zu sein. Im Gegenteil. Der Abstand entlastet sie von den hochtrabenden Bewertungen, die beim Filmstart auf sie niedergehen. Er beraubt sie ihrer Superpower, befreit sie von der Aufgabe, mein Leben zu verändern, und ich sehe in ihnen das, was sie sind.

Wie dem auch sei, mir *Venus backwards* anzutun war eine Pflicht, die ich mir aus Freundschaft zu meinem alten Freund auferlegte. Ich hatte es zwei Monate lang hinausgeschoben und schließlich beschlossen, die 18-Uhr-Vorstellung am 31. Dezember sei eine erträgliche Notlösung. Ein paar Stunden vor Silvester hatte ich wenigstens die Gewissheit, meinen Film in einem leeren Kino zu sehen. Wie erwartet war ich allein im Saal. Das endlose Werbechaos war dadurch noch absurder, wie ins Leere geschossene Pfeile. Zwischen zwei für niemanden gebrüllten Spots kam eine Gestalt in dunklem Mantel den Gang herunter und setzte sich neben mich. Auf einen Schlag begann mein zweites Herz anzuschwellen und hart zu werden. Das sitzt bei mir im Magen und erwacht, wenn ich in Panik gerate. Im Halbdunkel, von der Welt abgeschnitten, war ich ganz offenkundig einem Perversen ausgeliefert, einem Avatar der modernen Phantasmen, von denen es in Serien nur so wimmelt und über die ich normalerweise nur lachen kann.

Ich weiß immer noch nicht, was mich in diesem Moment an meinen Sitz neben dieser beunruhigenden Person gefesselt hat. Irgendwas, das nichts mit Angst zu tun hatte, hinderte mich daran, meinen Mantel und meine Tasche zu nehmen und den Platz zu wechseln. Ein Überrest der in der Kindheit erlernten guten Manieren vielleicht, die unverbesserliche Höflichkeit, die uns zwingt, unter allen Umständen den Anschein zu wahren, um die Menschen um uns herum nicht zu verletzen. Und dann, auch wenn es total bescheuert ist, hatte er ein vertrautes Parfum, das wie ein Lockstoff funktionierte. In konzentrischen Kreisen schuf sein

Zitronengeruch allmählich eine relative Vertrautheit, eine geradezu schwelgerische Blase. Ständig sortierte der Typ seine Beine neu. Sein Atem pfiff leise. Aus dem Augenwinkel nahm ich ein rundes Gesicht wahr, große dunkle Augen, eine glänzende, hohe Stirn, ein undefinierbares Alter. Seine Person strahlte einen seltsamen Anspruch aus. Als hätte ich mich an ihn geheftet und nicht umgekehrt. Dieser alte junge Mann hielt mich in unwiderstehlicher Abhängigkeit und ignorierte mich dabei total. Ich entspannte mich und überlegte mir, dass unser Duo im Grunde weniger absurd war als zwei Einsamkeiten, die in respektabler Entfernung in einem leeren Saal saßen. Der Film begann mit der blendenden Explosion eines im Weltall verlorenen Raumschiffs, die meine Unruhe, meine Fragen und meinen Nachbarn mit sich fortriss.

Nach dreißig Minuten quälender Achterbahnfahrt durch die Abgründe schwarzer Löcher stand mein Urteil fest. *Venus backwards* war ein Kinderfilm, ein Videospiel, in dem die Geschichte und die Personen nur dazu dienten, verblüffenden Spezialeffekten Geltung zu verschaffen. Ich hatte genug lobende Kommentare gesammelt, um sie Dominique zu servieren. Ich griff nach meiner Tasche und zog meinen Mantel an, doch als ich aufstand, um zu gehen, packte eine feste Hand meinen Unterarm und verpasste mir vom Kopf bis zu den Zehen einen gewaltigen Adrenalinschub.

»Wir hatten es doch gut, oder? Warum gehen Sie?«

Mein Nachbar sah mich lächelnd an.

Mit einem Ellbogenstoß befreite ich mich aus seiner Umklammerung. Da rief er mit außergewöhnlicher, tiefer und theatralischer Stimme: »Nennen Sie mir einen guten Grund, einen einzigen, mich heute Nacht nicht umzubringen!«

Ohne Witz, solche Sachen passieren im wahren Leben. Und im wahren Leben ist kein Schriftsteller, kein Regisseur da, der dir erklärt, wie du dich verhalten sollst, oder dir sagt, ob es sich um einen Horrorfilm oder eine Komödie, einen Abenteuerroman oder eine Liebesgeschichte handelt. Da uns die Wirklichkeit nur selten die entsprechenden Hinweise unter die Nase hält, wenn wir sie brauchen, fehlte es mir an Schlagfertigkeit. Fassungslos rannte ich hinaus.

Nennen Sie mir einen guten Grund, mich heute Nacht nicht umzubringen! Der Satz des Unbekannten hatte mich wie eine Bombe getroffen und einen alten, unerträglichen Schmerz wieder aufgeweckt. Schweißnass und fassungslos stand ich eine Weile vor dem Kino auf dem Boulevard herum. Ich war nicht mehr da. Ich war nicht mehr in Paris, am Silvesterabend, sondern dreißig Jahre zurückkatapultiert, ins elterliche Wohnzimmer, zum 29. Juni 1987.

Ich erinnere mich an die Hitze des Sommeranfangs. Alle Fenster waren geöffnet, um Zugluft zu erzeugen, meine Schwester und ich sahen ungefähr zum zehnten Mal *Die tollen Abenteuer des Monsieur L.* von Philippe de Broca. Dieses vergessene Juwel hatte neben anderen Qualitäten die erstaunliche Macht, zwei hyperaktive Mädchen länger als eine Stunde zusammen und völlig reglos in einem Zimmer zu halten. Bereit, meine Lachsalve abzufeuern, wartete ich auf meinen Lieblingssatz, den des alten chinesischen Weisen, der Jean-Paul Belmondo fast täglich daran hindert, sich umzubringen. Vor einem nebligen Panorama und nachdem er ihm ein weiteres Mal das Leben gerettet hat, erinnert ihn der Buddha im Zweireiher an die Schönheiten des Daseins und deklamiert mit stark übertriebenem chinesischem Akzent: »Das Leben ist herrlich. Die Frauen, die Vögel, die Dichter, die kandierten Früchte.« Ich liebte diese ebenso absurde wie meisterhafte Aufzählung, die perfekt zu meinen hochtrabenden Teenageransprüchen passte. An jenem Juniabend stürmte kurz vor meiner Kultszene mein Vater ins Zimmer. Seinen weißen Laborantenkittel bis zum Hals geschlossen, stellte er sich neben den Fernseher und sagte lächelnd: »Was könnte mich daran hindern, mich heute Abend umzubringen?«

Er lachte über den guten Witz, dessen Pointe er allein kannte. Dann blieb er noch einen Moment stehen und tanzte von einem Fuß auf den anderen, bevor er hinausging, um sich wieder in seinem Labor einzuschließen. Gebannt von den Bildern hatten wir den Satz meines Vaters für ein Zitat aus dem Film gehalten. Aber er war von ihm. Als meine Schwester Agnès eine Stunde später ihren Roller holte, um sich auf dem Platz mit ihrer Clique zu treffen, fand sie ihn aufgehängt in der Garage.

Ich denke, ich habe diese entsetzlich morbide, im Abstand von dreißig Jahren zweimal gehörte Frage nur ertragen, weil ich fest daran glaube, dass so etwas kein Zufall ist, und weil nirgends geschrieben steht, dass ich sie nicht ein drittes Mal hören werde, morgen oder in zwanzig Jahren. Trotzdem muss ich zugeben, dass ich, die Füße im schmelzenden Schnee aneinandergedrückt, im ersten Moment einen gewaltigen, dumpfen Erdrutsch in mir spürte. Ich konnte mich nicht rühren und blieb auf einer Bank in der Nähe des Kinos sitzen. Die Erinnerungen fielen auf den Boulevard wie trockenes Laub.

Mein Vater war ein kleiner, dunkelhaariger, redseliger und geschäftiger Mann. Er war eine lokale Größe und konnte sich neben dem Bürgermeister als Einziger brüsten, alle Paare unseres Dorfes getraut zu haben. Er hatte ein Geschäft, in dem er Fotoapparate verkaufte und Filme entwickelte. Er machte auch Hochzeitsalben und stellte die besten Abzüge in seinem Schaufenster aus. Ich sehe ihn noch wie ein Gesellschaftsfotograf um seine Königspaare für einen Tag herumwirbeln. Er verlieh den Menschen eine Wichtigkeit, die sie nie wieder erlangen würden, und kam von seinen Hochzeiten so erschöpft nach Hause wie ein Schauspieler nach dem x-ten Vorhang. Manchmal frage ich mich, ob es ihn nicht auf die Dauer verdorben hat, jeden Samstag den schönsten Tag der anderen mitzuerleben.

Meine Schwester und ich hadern seit dreißig Jahren mit dem Tod unseres Vaters. Aber niemals erwähnen wir die möglichen Gründe für seinen Selbstmord. Das liegt wohlgemerkt nicht an mir. Agnès und meine Mutter haben daraus ein Tabu gemacht, einen Taschenspielertrick, ein Illusionswunder, das meinen Vater von der Verantwortung für seinen Tod freispricht, genau so, als wäre er an einer Herzattacke gestorben. Also keine Autopsie und keine schmerzhaften, eingefrorenen Bilder, Gewissensbisse, lästigen Schuldgefühle, kein Bedauern. Die Umstände, einfach nur die Umstände. Kleinigkeiten, Termine, das Wetter, die Umgebung und nichts anderes. Das Leben eines Mannes zwischen

Wohnzimmer und Garage auf ein Theaterstück von dreißig Minuten reduziert, und das für immer. Ich habe den Deal akzeptiert, weil es um das Überleben meiner Schwester ging. Auch wenn dieser schändliche Raub der Erinnerungen, die von zwei Verrückten unterschlagene Vergangenheit mich empörten.

In diese Raumzeit gezwungen, drehen sich meine Schwester und ich seither im Kreis. Agnès hört nicht auf, Alternativszenarien zu entwickeln und sich an Drehbuchfragen zu berauschen. Sie sagt, wenn wir an jenem Abend einen anderen Film gesehen hätten, hätten wir den Satz meines Vaters vielleicht ernst genommen. Sie spielt mit unseren Erinnerungen, wirft ihre Knöchelchen in die Luft, fängt sie im Flug auf und schließt die Faust darum. Wer hatte darauf bestanden, dass meine Mutter *Die tollen Abenteuer* kaufte und nicht *Crocodile Dundee*? Wer hätte wissen müssen, dass dieser Satz im Film nicht vorkam? Wer hätte am Gesicht meines Vaters ablesen müssen, dass es ihm nicht gut ging? Warum hat er sich nicht am Vortag oder am Tag darauf umgebracht? Weil er wusste, dass der Film die Geschichte eines Mannes erzählt, der sterben wollte? Und so weiter. Wir kommen nicht raus. Eine Verzweigung von *aber* und *wenn*, die einen meschugge macht.

Ich hingegen habe eine Theorie, die ich lieber für mich behalte. Sie ist verquer, aber das Leben ist nun mal verquer. Ich habe manchmal das seltsame Gefühl, Sachen auszusprechen, bevor ich sie denke. Mein Gehirn wird zum Resonanzraum, der mich sprechen hört und auf meine Worte reagiert. Warum also sollte mein Vater nicht beschlossen haben sich umzubringen, nachdem er mitten im Wohnzimmer Jean-Paul Belmondo zunächst mit der Absicht imitiert hatte, uns zum Lachen zu bringen? Warum nicht? Solche Sachen kann ich nicht zu meiner Schwester sagen. Sie nimmt alles zu ernst, und ich weiß, dass sie monatelang am selben Knochen nagen kann, bis ihre Zähne stumpf werden.

Noch eine andere, ebenso wichtige Frage wurde nie gestellt. Was hätten wir ihm geantwortet, wenn wir ihn ernst genommen hätten? Wie hätten wir ihn überzeugt, sich nicht in der Garage aufzuhängen? Schnell, schnell! Los, Lucie, Agnès, das Erste, was euch einfällt! Wie ein Geschwindigkeitsspiel, das deine Neuronen durcheinanderwirbelt. Gegen die Uhr antreten, ihn von seinem skandalösen Vorhaben abbringen. Egal was, Hauptsache er lacht. Was hätten wir gefunden? Die Frauen? Die Vögel? Die Dichter? Die kandierten Früchte? Er erwartete etwas von uns, was wir ihm verweigert haben: unsere Aufmerksamkeit. Das ist ein entsetzlicher Gedanke.

Ich habe ihn sofort wiedererkannt, als er an mir vorbeigegangen ist. Er hat sich umgedreht und mich ebenfalls erkannt. Nach meinem blitzartigen Abstieg in die Hölle der Vergangenheit brannte ich vor Neugier auf denjenigen, der mich rücksichtslos hinabgestoßen hatte. Ich nickte ihm zu. Nach kurzem Zögern kam er auf mich zu. Ein Blinzeln lang sah ich seinem Blick an, dass er enttäuscht war. In der Dunkelheit des Kinos hatte er sich mich anders vorgestellt. Kein Zweifel. Ich erkenne in den Gesichtern den jäh zerbrochenen Traum, die davonfliegende Hoffnung, eine schöne Frau vor sich zu haben. Das ist ein Kindertraum, den die Männer ihr Leben lang bewahren, und keiner ist imstande, seine Enttäuschung gänzlich zu verbergen.

Ich bin keine Schönheit, das stimmt, und ich bin fünfundvierzig. Wenn ich mir ein bisschen Mühe geben würde, könnte ich sie hinters Licht führen. Zumindest eine unechte Schöne sein wie meine Schwester oder meine Cousinen, die wie ich den Knochenbau eines Möbelpackers und den platten Hintern geerbt haben, die das Familienwappen auf der mütterlichen Seite zieren, seit es Fotos gibt, um es zu bezeugen. Meine Mutter hat immer zu mir gesagt: »Lächle, das ist dein größter Trumpf.« Gipfel der Taktlosigkeit. Die Arme ist keine Leuchte, und der Takt war ihr nicht in die Wiege gelegt. Es stimmt, ich habe ein schönes Lächeln, aber ich habe auch schöne Augen, das ist schon etwas. Zum Glück ist das Halbdunkel der Freund der Marionettenspielerin, auf der Bühne leide ich nicht unter meinem fehlenden Charme. Ich nahm seine Enttäuschung zur Kenntnis. Verführung kam also nicht infrage, was mir im Grunde nicht unrecht war.

Etwas verlegen setzte er sich neben mich. Er trug einen marineblauen Mantel, einen schönen bronzefarbenen Schal und am Ringfinger einen erstaunlichen Siegelring mit einem Spiegel. Er war rund. Nicht dick. Eher massiv und wie Männer von früher ein bisschen üppig, ein bisschen bäuerlich und vor Manneskraft strotzend.

Der Körper eines anderen ist eine reich verzierte Festung, von der ich mich ständig inspirieren lasse, um meine Figuren zu entwickeln. Ich beobachte die Körper und ihre Mechanik, denn meine Marionetten sollen die Gesten der Lebenden so getreu wie möglich nachahmen. Manche Menschen wiederholen endlos dieselben Bewegungen, zeichnen die Form ihrer Gefühle in die Luft. Andere verschanzen sich in ihrem Körper, als wollten sie einem Heuschreckenansturm widerstehen. Dann gibt es die, die sich in einem beschränkten Raum bewegen. Ein unsichtbares Gewicht oder eine lästige Zwangsjacke schränken ihre Bewegungen ein. Aus der Sicht des Marionettenspielers sind das die Interessantesten, denn die Feinheit der Geste ist unser Gral. Der Mann aus dem Kino gehörte zu einer anderen, selteneren Familie. Sein verschleimter Atem schien die Mauern zerstören zu wollen, die ihn gefangen hielten.

Einer musste reden, er machte den Anfang.

»Sind Sie das? Haben Sie auf mich gewartet?«

Im Kinosaal hatte mir seine Stimme Angst gemacht. Nun vibrierte sie tief und dunkel wie von einem Virtuosen gestreichelte Cellosaiten. Er hatte die Stimme eines Tragöden, die die Straße mühelos verstummen ließ. Als ich ihn hörte, hatte ich eine Eingebung, jene wahnsinnige Idee, die mich danach für Monate in ein unentwirrbares Chaos gestürzt hat. Begeistert von meiner Geistesgegenwart frohlockte ich auf meiner Bank. Der Mann, der mich gefragt hatte, wie er am Leben bleiben sollte, würde mir helfen, ein akutes Problem zu lösen. Ich dachte nicht mehr an meinen Vater, die Vergangenheit war in ihre Kiste zurückgekrochen. Ich war wieder Lucie Paugham, die Marionettenspielerin, die seit Wochen einen Erzähler für ihr neues Stück suchte. Ich hatte einen anstrengenden Monat lang Bewerber vorsprechen lassen, aber es war nur eine lange Reihe von Enttäuschungen gewesen. Ich muss dazusagen, dass ich mich an einem alten Schauspieler mit betörender Stimme orientierte, der in einer Sendung bei France Culture philosophische Texte las. Ich hatte ihn mehrfach vergeblich angefragt. Nun endlich hörte ich die Stimme meines Erzählers, es war die des Selbstmordkandidaten.

»Ich biete Ihnen ein Geschäft an. Ich brauche einen Mitarbeiter für eine sehr spannende Arbeit.«

Wir stellten uns einander vor. Lucie Paugham, Alexandre Lanier. Dann erzählte ich ihm von meinem Stück und entwickelte in wenigen Worten meinen Plan. »Lächle«, sagt meine Mutter. Ich lächelte. Ich empfand die ruhige Euphorie eines ruinierten Glücksspielers, der auf der Straße eine dicke Geldbörse gefunden hat, die ihm hilft, seine Verluste beim Baccara wettzumachen.

Sparsame Gesten und huschender Blick, der Mann war offensichtlich überrascht von meinem ungewöhnlichen Angebot. Jemandem, der sich umbringen will, macht man nur selten so einen Vorschlag, das gebe ich zu. Ich fügte hinzu, ich bräuchte keinen gestandenen Schauspieler, sondern eine Stimme, seine. Er öffnete den Mund und schloss ihn mit einem leisen Seufzer. Alexandre Lanier hat einen schönen Mund, klein und voll, rosig und feucht. Ein Mädchenmund. Ich erinnere mich, dass ich dachte, er sei weiblicher als ich.

Der Zeiger drehte sich, und ich musste nach Hause. Die Langsamkeit unseres Gesprächs, die Pausen, das Zögern, vor allem seins, regten mich allmählich auf. Wir traten aus der Zeit, aber die Zeit drängte. Ich gab ihm die Adresse meines Ateliers und schlug ihm vor, am nächsten Tag, dem 1. Januar, um 18 Uhr vorbeizukommen. Er stand auf und drückte mir die Hand mit der Festigkeit eines Viehhändlers, der einen Deal besiegelt. Dann schob sich seine massive Gestalt unzugänglich für die allgemeine Festlaune zwischen kleine, bereits angeheiterte Grüppchen, die wie Stehaufmännchen schwankten, und Mädchen mit vergoldeten Lidern und langen Kleidern unter den Alltagsmänteln. Schließlich war er verschwunden, aufgesogen von der Menge, und ich dachte, dass ich ihn vielleicht zum letzten Mal gesehen hatte.

Ich war spät dran, und Philippe erwartete mich mit den Schlüsseln in der Hand, um loszufahren. Ich erzählte ihm nichts von meiner Begegnung mit Lanier. Ich spürte bereits die Absurdität meiner Entscheidung, und in Sachen Logik kennt mein Mann kein Pardon. Im Auto wollte mich mein Sohn Louis für *Venus backwards* begeistern, er war ein absoluter Fan. Meine Tochter Véga schmollte und scrollte hektisch durch ihren Instagram-Account. In irgendeinem Haus in der Banlieue lief die Party ohne sie auf Hochtouren, das war ein Albtraum. Ich erinnere mich sehr genau, was ich in diesem Moment empfunden habe, in der Wärme unseres Autos, das angenehm nach uns allen roch. Ich empfand das seltsame, paradoxe Vergnügen, ein Geheimnis nicht mit denen zu teilen, die man liebt.

2

Es war das Jahr meiner Schwester. Wir feiern Silvester abwechselnd bei mir und bei ihr. Wenn Agnès an der Reihe ist, uns zu empfangen, wissen wir, dass wir einen schönen Abend verbringen und vor allem gut essen werden, denn Kochen ist ihr Beruf. Sie hat ein Restaurant in einer Fußgängerzone im 15. Arrondissement, das immer ausgebucht ist. Wie schon erwähnt, ist meine Schwester sensibel. Ein paar Monate nach dem Drama waren bei ihr die Sicherungen durchgebrannt, die seit ihrer makabren Entdeckung in der Garage geschmort hatten. Am Tag des mündlichen Abiturs hatte Agnès vor einem verstörten Lehrer, puterrot und schnaufend wie ein Ochse, nacheinander ihre Kleidungsstücke abgelegt und am Ende in Slip und BH im Prüfungsraum gestanden. Sie wurde aus dem Verkehr gezogen und irrte dann jahrelang zwischen Psychiatern und Entziehungskuren hin und her, bis sie in der Küche eines Onkels landete, der Gastwirt war und sie wieder auf die Spur brachte.

Agnès ist eine intelligente Frau, und ihre immer mütterliche Küche ist eine subtile Mischung internationaler Kultur und französischer Tradition. Alles interessiert sie, und sie probiert ständig etwas Neues. Sie hat keine Kinder, aber einen Mann, den sie zusammen mit ihrer Berufung im Restaurant unseres Onkels gefunden hat. Antoine, Mathestudent und in den Ferien Tellerwäscher, war dort beschäftigt. Dicker Kopf, sanft und ruhig wie ein Labrador. Er unterrichtet in der Vorbereitungsklasse für die Hochschule und spielt samstags früh mit seinen Schülern Fußball. Eigentlich sollte ich nicht sagen, dass Agnès und Antoine keine Kinder haben. Sie haben zwei – meine, umständehalber. Da Philippe ständig auf Reisen ist und auch ich ziemlich oft unterwegs bin, haben unsere Kinder zwei Zuhause. Seit Végas Geburt vor sechzehn Jahren hat keiner von uns dieses Arrangement jemals infrage gestellt, weil alle auf ihre Kosten kommen. Agnès und Antoine haben dadurch zwei schon fertige Kinder gewonnen, Philippe und ich die für unsere jeweiligen Leidenschaften unverzichtbare Freiheit. Und Louis und Véga haben die Möglichkeit, bei den einen zu erhalten, was man ihnen bei den anderen verweigert, genießen also die Privilegien von Scheidungskindern, ohne unter den Unannehmlichkeiten zu leiden. Unsere geteilte Fürsorge gleicht einem kleinen selbst verwalteten Unternehmen, in dem jeder etwas zu sagen hat. Zwangsläufig knirscht es manchmal. Aber nicht mehr als anderswo.

Meine Schwester hat wenige Freunde. Von ihren verrückten Jahren hat sie ein tiefes Misstrauen gegen zufällige Begegnungen und neue Gesichter bewahrt. Die wenigen

Auserwählten, die sie bei sich empfängt, werden dafür wie Kranke verhätschelt und wie Könige ernährt. Wir kamen als Letzte und wurden von ihr mit großem Pomp empfangen, das ist ihre Art. Unter der Kochschürze trug sie eins dieser Kleider, deren Geheimnis nur sie kennt und die man in keinem Geschäft findet. Seit ihrer Kindheit kleidet sich Agnès in Grün. Sie sagt, dass Grün sie begeistert, und fügt hinzu, sie könne nicht erklären, weshalb. Eine Goldkette, fein wie ein Spinnenfaden, schwang im Rhythmus ihrer Bewegungen an ihrem Hals. Meine Schwester hat den gleichen flachen Hintern und den gleichen Knochenbau wie ich, ist aber zehn Zentimeter größer, was einen großen Unterschied macht.

An jenem Abend waren Agnès' übliche Gäste da. Mickey ist ihr amerikanischer Küchengehilfe, ein mit Maori-Tattoos bedeckter herausragender Patissier. Die Kinder lieben ihn. Véga, fasziniert vom blauen Spitzenmuster auf seinen Unterarmen, hat sich inzwischen zwar abgewöhnt, auf seinem Schoß zu sitzen, betrachtet ihn aber hingerissen und nostalgisch aus der Entfernung. Die Cuaults, ein schwerreiches, diskretes Paar, saßen nebeneinander auf dem Sofa und nippten freundlich an ihrem Champagner. Die beiden machen immer den Eindruck, als sei es für sie eine große Ehre, zu meiner Schwester eingeladen zu sein. Ich mag sie gern. Vor allem die Frau, die sich aus ihrer frühen Kindheit die Fähigkeit zu spontaner und rührender Begeisterung bewahrt hat. Sie lacht nie, ohne dabei in die Hände zu klatschen. Die Cuaults lauschen andächtig und trinken ohne Zurückhaltung, ohne etwas von ihrem bürgerlichen Geheimnis zu offenbaren. Ich vermute, dass sie meiner Schwester geholfen haben, die Anteile ihres Geschäftspartners zu kaufen, als der sie im Stich gelassen hat.

Der Abend kündigte sich an, wie er tatsächlich verlief: ruhig, freundlich und leicht. Zumindest dem Anschein nach. Denn im Leben findet alles auf zwei Ebenen statt. In jedem Augenblick. Es gibt den Putz an der Oberfläche, den unser Wortschatz beschreiben, verstehen und erzählen kann. Und eine tiefer liegende Ebene, auf der das Leben nicht in Echtzeit abläuft; wenn man will, kann man versuchen, sie im letzten Moment zu erwischen, bevor sie sich entzieht und auf immer für unsere Erfahrung verloren ist. Allein mit meinem Blick bewaffnet, habe ich sehr früh eine dezente Aufmerksamkeit für alles entwickelt, was sich um mich bewegt. Ich frage mich immer, wie es bei den anderen um dieses subsidiäre Bewusstsein steht. Die Erfahrung hat mich gelehrt, bei den Künstlern, die ich zu Unrecht als vollwertige Mitglieder dieser Familie zwanghafter Beobachter angesehen hatte, zu differenzieren. Einige, zu denen ich gehöre, spionieren unter dem Deckmantel von Müßiggängern, Rentiers oder Ganzjahresurlaubern auf eigene Rechnung vom Aufstehen bis zur Nachtruhe. Andere machen sich nicht die Mühe und beschäftigen sich nur mit Ideen. Wie machen sie das nur? Das Leben ist doch keine alte Geschichte!

Ich rede bei solchen Abendgesellschaften nicht viel. So kann ich mich ganz auf die faszinierende Mechanik der Körper konzentrieren. Der Marionettenspieler ist ständig auf der Suche nach unbekannten Gesten. Sie tauchen auf wie neue Worte im Alltagsvokabular, aus dem Nichts oder aus Filmen und ausländischen Serien übernommen. Das ist ein ständiges *work in progress*, in dem Natur und Kultur eine bewegte Beziehung eingehen. Ererbte, gelernte, nachgeahmte, natürliche oder künstliche Gesten, Ticks und Macken. Jeder von uns sendet Signale aus, die ich erfasse und klone. Die Menschen ahnen gar nicht, wie sehr sie mir gehören. Ich bin ein Spiegel, in dem sie sich nicht sehen. Mickey hat das nervöse Trommeln seiner Finger nie erkannt, wenn Théodora, meine Marionette, es exakt nachahmte. Ebenso wenig wie Philippe sein Nicken, mit dem er bestätigt, was er hört. Oder Louis das Schulterzucken, das sein fehlendes Selbstvertrauen verrät. Ich habe noch nicht herausgefunden, wie ich die Liebkosung von Agnès' Händen wiedergeben soll, die sich wie heilende Pflaster auf die Arme ihrer Tischnachbarn legen. Ich bin mir ziemlich sicher, dass meine Schwester nichts merken wird, wenn eins meiner Geschöpfe das endlich schafft. Und dennoch, dennoch, und das ist mein heimlicher Triumph, spüren alle, dass ich von ihnen spreche. Sie wissen nicht warum, aber alle teilen mit meiner Holzpuppe eine Verwandtschaft, die sie verwirrt.

An jenem Abend gab es einen neuen Gast mit recht interessanter Gestik. Es war Agnès' Nachbar. Mit seiner Glatze und seinem Vertreteranzug hätte er genauso gut ein gerade freigelassener Häftling, ein Mönch in Zivil oder der Bipolare sein können, der das Unglück in eine Kriminalgeschichte bringt. Mit seinem Athletenkörper und dem Kopf eines geschorenen Mädchens erzeugte der Mann das intellektuelle Unbehagen, das ein Oxymoron, eine störende Dualität in uns auslöst. Ich beobachtete ihn fasziniert und hörte ihm kaum zu. Er dehnte beim Sprechen die Halsmuskeln von rechts nach links, während er mit gespreizten Beinen und hängenden Armen auf der Sofalehne saß wie ein Tennisspieler, der zwischen zwei Sätzen Atem schöpft. Da er gerade von einem Aufenthalt in Korea zurückgekommen war, stand er beim Aperitif im Mittelpunkt, gab sich jedoch bald geschlagen, überrollt von den üblichen Insiderwitzen unserer kleinen Truppe.

Ein Abendessen bei meiner Schwester folgt immer dem gleichen Protokoll. Es gibt keinen Raum für Pathos, und wer sich weigert, die Regeln einzuhalten, verschwindet schnell von der Bildfläche. Der neue Nachbar gehörte wohl zu dieser Gruppe, denn ich haben ihn bei Agnès nie wiedergesehen. Andere waren zu Tode gelangweilt und verdufteten freiwillig. Dabei herrscht so viel Freundlichkeit. In Agnès' Dekor eines englischen Cottage spricht man nicht über die Arbeit. Meine Schwester meint, das sei unangenehm für diejenigen, die nicht mit interessanten Berufen aufwarten können. Sie sagt, dass die Reichen und die Armen, die Chefs und die Untergebenen, die Geldsäcke und die Arbeitslosen bei ihr alle gleich seien. Abgesehen von mir, die ihr manchmal als Ventil dient, erträgt sie keinen Streit und versucht ihn nach Kräften zu vermeiden. Agnès ist eine Wundergeheilte. Sie ist für uns alle Die-die-ihren-Vater-aufgehängt-gefunden-hat-und-dreißig-Minuten-mit-ihm-in-der-Garage-geblieben-ist-bevor-sie-uns-gerufen-hat. Das ist ihre Meisterleistung, ihr unsichtbares Tattoo. Der Geruch ihres Unglücks umschwebt sie so diskret wie hartnäckig und erinnert uns ständig daran, dass wir wachsam bleiben müssen. Also spielen wir mit. Und wenn man bei einem Abendessen nicht von dem spricht, was man tut, spricht man von dem, was man ist und was man denkt. Man erzählt Geschichten. Es kommt sogar vor, dass man Unsinn erzählt, und das kann sehr interessant werden. Am Anfang ist es ziemlich riskant, aber mit der Zeit werden wir Asse der surrealistischen Entgleisung, des poetischen Hauchs und der Schwerelosigkeit.

Der Abend schnurrte und knisterte wie ein gutes Feuer. Ich fühlte mich wohl. Ich trinke keinen Alkohol. Die jahrelangen Exzesse meiner Schwester haben mich fürs Leben von dieser üblen Gewohnheit abgebracht. So bewahre ich meine Klarheit, während sich die der anderen um mich herum eintrübt. Ich erkenne die Bruchstellen, sehe, wie sich die Gesten allmählich von den Worten lösen und selbstständig machen. Die Gabeln verfehlen ihr Ziel und kratzen über die Teller, die Köpfe senken sich und lauschen im Stimmengewirr einem geheimen Gesang, jeder einem anderen. Über die Blicke legt sich trotz des Lachens ein Schleier von Wehmut, denn die Trunkenheit ist nie nur fröhlich. Die Verfremdung ist angenehm, auch wenn sie von der Befürchtung begleitet ist, dass Agnès wieder versinkt. Jedes Mal zähle ich ihre Gläser, das ist ein Reflex, den ich mit meiner Mutter teile, aber ich vertraue ihr. Ich bin fast sicher, dass sie nicht rückfällig wird. Sie weiß, dass sie aufpassen muss, und sie weiß auch, dass ich ihr meine Kinder nur unter dieser Bedingung überlasse.

Agnès servierte den Kaffee im Salon, wo Véga und Louis mit Monopolygeld pokerten. Nachdem der falsche Mönch aus der Nachbarwohnung das Diner nahezu in Schockstarre hinter sich gebracht hatte, legte er wieder los. Er sprach vom

I Ging, an das er glaubte. Ich hatte seit dem Schulhof, der Zeit von Shit und Duftstäbchen, nicht mehr von dieser chinesischen Wahrsagerei gehört. Für Nichteingeweihte: Man sucht die Antwort auf eine Frage, die einen beschäftigt, mit Hilfe von Münzen und Berechnungen, die auf Hexagramme verweisen, rätselhafte Prophezeiungen, die man interpretiert, wie es einem passt. In diesem Moment hörte der Abend für mich auf zu schnurren und zu knistern. Der gesegnete, schwebende Augenblick galt nichts mehr, weil es darum ging, sich mit Münzen und Stöckchen in die Zukunft zu versetzen. Die Kinder waren begeistert von der Ablenkung, und der Mönch fing mit ihnen an. Sie waren schnell ernüchtert, denn die Aussagen des I Ging sind nicht die einer Wahrsagerin, die dir von endlich erwiderter Liebe und märchenhaftem Geldeingang erzählt. Da sich die Prophezeiung des Zelebranten als unverständlich erwies, machten sie sich nicht einmal die Mühe, ihre Enttäuschung zu verhehlen, er war zu frisch zum Ritter der Tafelrunde erkoren, um Schonung zu verdienen.

Als nach Philippe und Mickey ich an der Reihe war, verkündete ich, das interessiere mich nicht. Ich hasse es, wenn jemand an meine Zukunft rührt. Meine Lebensweise und vor allem meine Arbeit schließen jede äußere Einmischung aus, die mich von meinen Grundsätzen abbringen könnte. Wahrsagerei kann sich für einen Künstler als fatal erweisen. Da er außergewöhnlich abergläubisch ist, muss er jeden Kontakt mit den Würfeln vermeiden. Um meine Zurückhaltung zu begreifen, muss man sich nur den Schaden ausmalen, den ein kleiner sibyllinischer Satz wenige Tage vor einer Vorstellung im Kopf eines Schauspielers anrichten kann. Oder in dem eines Akrobaten, wenn das Hexagramm die Möglichkeit eines Schritts ins Leere offenbart. Das Ungreifbare ist unser Feld, und es muss rein bleiben. Der Künstler muss den Worten, Gedanken, Bildern ihren Raum lassen, er darf ihnen nie zuvorkommen und auch niemandem erlauben, ihr Tempo zu beeinflussen.

Alle rügten mich, sie waren reichlich beschwipst und schauten oft auf die Uhr, weil Mitternacht näher rückte.

»Lucie, jetzt fehlst nur noch du. Stell dich deiner Zukunft, Schatz«, drängte Philippe und schenkte mir einen feuchten Blick.

Plötzlich war ich sehr gereizt. Weil ich es hasse, wenn man mich zwingt, und vor allem, weil diese dämliche Geschichte mit dem I Ging an eine Sorge gerührt hatte, die von der Atmosphäre des Abendessens bis dahin überdeckt worden war. Ich bewahrte von meiner Begegnung im Kino ein komisches Gefühl zwischen Euphorie und Beklemmung, und ich wollte nicht das Risiko eingehen, dass mir dieser ärgerliche Scharlatan den nahen Tod meines Unbekannten mit der betörenden Stimme prophezeite.

Philippe wollte begreifen, warum ich mich weigerte mitzuspielen. Er bombardierte mich mit Fragen. Ich wollte ihm nicht von Alexandre Lanier erzählen, erst recht nicht vor meiner Schwester.

»Ich sehe überhaupt keine Unannehmlichkeit im Schicksal!«, verkündete er lachend.

Die bloße Erwähnung dieses Wortes löste bei mir sofortige Klaustrophobie aus. In dem gemütlichen Salon starrten mich alle an und warteten auf meine Antwort. Wer wenig spricht, erlangt das Privileg, dass alle zuhören, verliert aber das Recht auf Banalitäten. Also wog ich meine Worte ab.

»Jeder kennt die Versuchung des Schicksals, des Unausweichlichen, der Deutung im Nachhinein, die uns eine bequeme Logik von der Stange anbietet, Ursache-Wirkung-Ursache-Wirkung und so weiter, und die uns ohne großen Aufwand von unseren Fehlern und unseren seltsamen Entscheidungen reinwäscht. Diese Romantik hat mich oft in Versuchung gebracht. Ich habe damit gespielt. Die Geschichte umschreiben, den Zufall widerlegen. Den Zufall, der uns ebenso verunsichert wie die Leere. Sie zu füllen ist eine Versuchung, der man nur schwer widerstehen kann.«

Meine Künstlervisionen bringen meine Umgebung oft aus der Fassung. Sie amüsieren sich nie darüber und akzeptieren sie wie barocke Geschenke, die ihr Kuriositätenkabinett bereichern. Philippe, Agnès und die anderen spürten, wie ernst es mir war, und ließen mich zu Ende sprechen, ohne dazwischenzureden.

»Das Leben ist kein linearer Verlauf zwischen unserer Geburt und unserem Tod, Punkt A und B, auch kein perfekter, in sich geschlossener Kreis wie in den Märchen. Wenn wir daran glauben, ignorieren wir unsere Irrwege, ihre Schönheit und ihre grundlegende Nutzlosigkeit. Das Schicksal ist nur die wiedergelesene und korrigierte Geschichte unseres Lebens, eine Geschichte, die mit dem Ende anfängt, von den anderen am Tag nach unserem Tod geschrieben.«

Philippe lächelte. Er war zufrieden. Mein Gedankennippes hatte mühelos einen Platz auf seinem Regal gefunden, zwischen einer uralten Theorie über die familiäre Übertragung bestimmter Gesten und einer anderen, die er besonders mochte, über die Bedeutung der Stille beim Marionettentheater.

3

Mein Atelier liegt im Hinterhof eines chinesischen Restaurants. Es besteht aus einem großen, dunklen Raum, den ich noch finsterer mache, indem ich die Fenster mit dicken schwarzen Vorhängen abdunkle. Ich arbeite bei Kunstlicht. Ein Marionettenspieler spielt ständig mit den Schatten, der Leere und der Nüchternheit, und ich muss die Bühnenatmosphäre so gut wie möglich nachbilden. Manchmal sehe ich mehrere Wochen lang kein Tageslicht. Alexandre Lanier kam um 18.10 Uhr und ersparte mir so, danke, Alexandre, die Qual des Wartens. Er war bleich. Ich dachte kurz, dass ich, während er seinen Selbstmord verpatzte, mit meiner Familie in einem benachbarten Arrondissement Silvester gefeiert hatte. Das machte mich traurig.

Ich erinnere mich sehr genau an unser Treffen, denn ich hatte an jenem Abend die Gewissheit, einen besonderen Menschen zu treffen, von einer Beschaffenheit, die ich nicht kannte. Irgendein Philosoph hat gesagt, dass uns die anderen vor der Wiederholung retten. Das stimmt, aber nicht immer und nicht bei allen. Ich würde hinzufügen, dass bei einer Begegnung, egal welcher Art, alles sofort vorhanden ist. Vom ersten Augenblick an erhalten wir irritierende Indizien, die uns warnen sollten. Aber man hat uns eingebläut, dass mit den anderen alles gut abzulaufen hat, und ohne es auch nur zu merken, modellieren wir die Seltsamkeit nach unserem Maß, um sie vertraut und erträglich zu machen. Wie dem auch sei, und selbst wenn ich an jenem Abend die Tragweite nicht erfasste, hat sich mir jedes Wort, jeder Satz eingeprägt wie ein Siegel ins weiche Wachs.

Ich bat ihn Platz zu nehmen, die auf Böcken liegende Tischplatte zwischen uns diente als Pufferzone. Ich hatte schlechte Erinnerungen an die Einstellungsgespräche, die ich mit meinen Schauspiellehrlingen absolviert hatte, und wollte die Erfahrung nicht wiederholen, die sich unerwartet als ziemlich demütigend erwiesen hatte. Ich hatte deprimiert feststellen müssen, dass die meisten Kandidaten nicht wussten, wer ich war und was ich tat. Es ist unangenehm, den Leuten zu sagen: »Ich bin berühmt, wissen Sie, und in meinen Kreisen ist Théodora, meine Marionette, ein Star.« Ich musste auch die ewigen Missverständnisse ausräumen, die an meinem Beruf hängen, das ist mein Schicksal, aber ich gewöhne mich nicht daran. Nein, ich mache kein Kindertheater. Nein, ich bin nicht hinter einer Puppenbühne versteckt. Nein, ich bin keine Bauchrednerin. Nein, ich habe meine Karriere nicht damit begonnen, die Bärchen in den Weihnachtsschaufenstern zu animieren. Und so weiter. Ich musste mich Leuten, die sowieso nicht geeignet waren, verkaufen, als wäre ich die Anfängerin. Zu meiner großen Überraschung hatten mir alle das Gefühl gegeben, ich würde beurteilt, nicht andersherum. Aber das war nicht das Schlimmste. Noch mehr schockierte mich ihre Nachlässigkeit. Ich habe einen sehr exakten Beruf, der jede Form von Dilettantismus ausschließt. Die Marionette ist ein Geschöpf, das durch Nachlässigkeit leicht auf ihren skandalösen Status eines Dings verwiesen wird. Unbekümmert, unverschämt und leichtfertig setzten meine Schauspiellehrlinge auf ihren Charme, ihre Jugend oder den Namen der angesehenen Theaterschule, an der sie gelernt hatten. Schließlich und vor allem hatte keiner von ihnen die nötige Ausstrahlung, mit einer perfekten Marionette in einen Dialog zu treten. Théodoras Kraft und Schönheit hätten sie zermalmt.

Alexandre Lanier ist nicht der nachlässige Typ. Was als Erstes auffällt, wenn man ihn trifft, ist vielmehr sein Geheimnis. An jenem Abend, mir gegenüber im Atelier, quoll ihm der Geruch nach Geheimnis aus allen Poren. Es umwaberte ihn wie die wattigen Ektoplasmen, die auf den Fotos aus der Belle Époque um die Spiritisten herumschweben. Seine Gestik machte es nicht besser. Anders als bei den meisten Menschen vollzogen sich die Bewegungen seiner Hände, sein Nicken oder das Scharren seiner Füße ohne jeden Kontext. Sie begleiteten weder seine Worte, noch reagierten sie auf äußere Ereignisse. Diese unharmonischen Bewegungen ließen das beunruhigende Ungesagte des Alexandre Lanier erahnen. Seine winzigen und schmerzlichen Abwehrgesten vermittelten das Gefühl, er versuche sich seiner selbst zu entledigen.

Ich hatte keinen Lebenslauf vor mir, um mir bei meinem Gespräch zu helfen. Ich traute mich nicht, ihn nach seinem Alter, seiner Adresse und seinem Familienstand zu fragen. Das war schlichtweg unmöglich. Ihm gegenüber kamen mir viele Belanglosigkeiten plötzlich sehr vulgär vor. Da ich auch keine Lust hatte, seinen vertagten Selbstmord zu erwähnen, fragte ich ihn, was er beruflich mache. Das war offen und harmlos genug, um das Gespräch entspannt zu beginnen. Er antwortete mir, er habe gerade die Druckfahnen eines Buches über die verlorenen Filme von Georges Méliès abgegeben, an dem er zehn Jahre geschrieben hatte.

»Ein langfristiges Unternehmen, und ich hatte geplant, den möglichen Erfolg nicht zu erleben«, erklärte er und sah mich von unten an.

Alexandre Lanier sieht die Menschen von unten an. Als wären sie immer größer als er, was nur selten wirklich der Fall ist. Das ist seine Art zu schmeicheln, damit er besser schummeln kann. Nachdem er *en passant*, wie eine Anekdote, seine Selbstmordabsicht erwähnt hatte, erzählte er mir von seiner Arbeit.

»Ein großer Teil der Filme von Méliès ist verschwunden, an Privatpersonen verkauft. Die meisten existieren nicht mehr oder verfaulen auf irgendwelchen Dachböden. Es gibt nur noch die völlig verrückten Drehbücher. Und die haben mir Lust gemacht, dieses Buch zu schreiben. Die Geschichten sind präzise und genau getimt. Es gibt Hunderte davon. Der Arzt, der sich anschickt, das Bein eines Gichtkranken abzusägen, die Frau mit drei Köpfen, der betrunkene Clochard, der es nicht schafft, seinen Mantel anzuziehen, die

Hypnotisierte, die von ihrem Magnetiseur ausgezogen wird. In jener Zeit entdeckte sich das Kino als Meister der Illusion, und Méliès spielte endlos damit. Sie erschaffen mit Ihren Marionetten auch Illusionen.«

Lanier war die Welt, in der ich mich bewege, nicht ganz fremd, sicher durch Méliès, der zu unserer Kaste gehört. Mein Name war ihm vertraut, er hatte von Craig, Recoing und Schönbein gehört, Genies, die außerhalb meines Sonnensystems niemand kannte. Dann erklärte ich ihm in groben Zügen mein Stück. Er wollte Théodora sehen. Ohne es näher zu erklären, sagte ich ihm, er müsse ein wenig warten. Ich habe das Prinzip, meine leblose Marionette niemals Nichteingeweihten zu zeigen. Fast alle Marionettenspieler sind da etwas phobisch. Dann sprachen wir über seine Rolle als Erzähler. Ich erklärte ihm, sein Text werde nicht vorab aufgenommen, er müsse bei jeder Vorstellung anwesend sein, auf einem Stuhl am Rand der Bühne, von einem Scheinwerfer beleuchtet. Er müsse sich verpflichten, mich während der gesamten Laufzeit des Stücks bei meinen Tourneen durch Frankreich und andere Länder zu begleiten, also für die Dauer von vielleicht einem Jahr, vielleicht auch zweien, wenn sich neue Termine böten. Wir müssten uns unverzüglich an die Arbeit machen, denn die Premiere würde Ende März in Lissabon stattfinden, zur Eröffnung eines neuen Festivals. Er versicherte mir, er sei frei, und es sei für ihn kein Problem herumzureisen. Ich verheimlichte ihm die bevorstehenden Schwierigkeiten und vor allem, dass ich zum Monster werde, wenn ich mich an die Arbeit mache. Paul Petiteau, mein Beleuchter, ist ein Heiliger, und ich habe diverse Tontechniker verschlissen, bis ich Clara Heinz, halbstumm und durch nichts zu erschüttern, gefunden habe, die mich seit mehr als zehn Jahren begleitet.

Alles schien wunderbar einfach. Nur eine Kleinigkeit irritierte mich. Ich hatte Mühe mir vorzustellen, dass man sein Leben beenden kann, nachdem man zehn Jahre an einem Buch gearbeitet hat, das man nicht gedruckt sehen würde. Irgendwas stimmte da nicht. Was man erschafft, muss gezeigt werden, und man muss sehen, wie diejenigen reagieren, die entdecken, was man gemacht hat. Also nahm ich noch mal Anlauf und stellte ihm weitere Fragen nach Méliès und seinem Buch. Dann bat ich ihn, mir eine Kopie des Manuskripts mitzubringen.

Einen Erzähler zu engagieren war eine wichtige Entscheidung, und ich zauderte. War Alexandre Lanier mit seiner betörenden Stimme wirklich mein Mann? War es realistisch, aus diesem Unbekannten in kaum drei Monaten einen perfekten Schauspieler zu machen? Es war Wahnsinn, heute gebe ich es zu. Aber konnte ich diesem Selbstmordkandidaten sagen, dass er am Ende doch nicht der Richtige war? Vielleicht würde ich ihm damit sein Visum fürs Jenseits geben. Und wenn er, im Unterschied zu meinem Vater, überhaupt nicht die Absicht gehabt hatte, seinem Leben ein Ende zu setzen? Wenn ich bei jemandem Zweifel habe und den Bluff hinter der schmeichelhaften Fassade ahne, benutze ich eine Waffe, die zumindest bis dahin nie versagt hat. Ich schäme mich nicht zuzugeben, dass unsere kulturellen Bezugspunkte für mich die äußeren Zeichen unseres inneren Reichtums sind, und ich bediene mich ihrer, um zu wissen, wer in unserer extrem verschlüsselten Welt wer ist. Was las er, und was interessierte ihn außer Méliès? Er war ein Fan von Visconti, von *Der Leopard*, vom Staub der Vergangenheit, der die alten, gestürzten Aristokraten in der Kirchenszene bedeckt. Dann erwähnte er die Fußspuren auf dem Strand in *Ryans Tochter* von David Lean.

»Und Robert Mitchum begreift, dass seine Frau ihn betrügt«, fügte er mit einem Blick von unten hinzu, während er mit dem Finger über die Tischkante strich.

Schließlich zitierte er Tati, der mein Gott ist. Ich wusste Bescheid. Ich hatte es mit einem intelligenten Mann zu tun, der zuhören konnte. Ganz zu schweigen von seiner Stimme, deren mächtige Wirkung auf mein Publikum ich bereits spürte. In diesem Moment war der berauschende Geruch seines Geheimnisses noch kein Hindernis. Es war nur ein diskreter Hauch, eine kleine, fast angenehme Brise.

»Und, interessiert Sie mein Angebot?«, fragte ich zum Abschluss.

»Warum vertrauen Sie jemandem, der nicht mehr leben will?«

Endlich war die Frage gestellt, die seit dem Beginn des Gesprächs im Raum stand.

»Ich vertraue Ihnen nicht besonders. Sie haben mir keine andere Wahl gelassen, als Ihnen zu helfen. Jetzt sind Sie am Zug. Ich habe getan, was ich zu tun hatte.«

Alexandre Lanier verabschiedete sich. Er ging, als er gehen wollte, wobei er Signale aussandte, die später zur Gewohnheit zwischen uns wurden. Er streckte die Brust raus und atmete langsam seinen Brustraum leer. Das alles, ohne mich aus den Augen zu lassen. Das heißt übersetzt: Es ist vorbei. Er verschwindet immer auf dieselbe leichte Art und Weise, ein Gleiten, der Gleitschritt eines Schlittschuhläufers. Es fehlt nur noch die indigoblaue Rauchsäule, wie sie Méliès einsetzte, um seine Teufelchen verschwinden zu lassen.

4

Jedes Programm, das strenge Disziplin erfordert, muss eine Toleranzspanne enthalten. Meine Toleranzspanne wurde im Handumdrehen ganz und gar von Alexandre Lanier beansprucht. Gleich am Tag nach unserem Gespräch bat ich ihn, seinen Text zu lesen und die zahlreichen Bühnenanweisungen auswendig zu lernen. Ich schlug ihm vor, sich in die Ecke des Ateliers zu setzen, aber er sagte, er wolle lieber zu Hause arbeiten, und verschwand, wobei er vergaß, mir seine Adresse und seine Telefonnummer zu geben, obwohl ich ihn darum gebeten hatte. Alexandre Lanier vergisst. Das ist seine Art, »nein« zu sagen, ohne es zu sagen. Drei Tage lang hörten wir nichts von ihm. In dieser Zeit antwortete der Radiosprecher, der Mann mit der goldenen Stimme, endlich auf meine Nachrichten, und wir verabredeten uns für die folgende Woche. Ich war erleichtert. Ich hatte einen Ausweg, falls mein Erzähler endgültig verschwunden war, dem, das vergaß ich nicht, recht wenig am Leben lag.

Ich schreibe alle meine Texte selbst, ohne Unterstützung anderer, allein auf dem Land, wo ich am Rand eines Dorfes ein Haus habe. Dorthin ziehe ich mich zurück, um meine Stücke zu erfinden. Ich benutze große Hefte, in die ich auch viele Zeichnungen mache. In dieser Entwurfsphase unterwerfe ich mich einer Routine, die durch nichts gestört werden darf. Sobald ich anfange zu schreiben, packt mein Unterbewusstsein seine Schätze aus. Dann stelle ich fest, dass die wie durch einen Zauber erscheinenden Inspirationen schon ihren Weg durch meinen Kopf gemacht haben. Manche Ideen erweisen sich als undurchführbar, neue Bilder drängen sich auf. Der riesige Spielraum reduziert sich zunehmend zu einem Miniaturschauspiel unter der Lupe. Der Sinn des bizarren Produkts meiner Phantasie wird erst am Ende sichtbar. Ich habe nie eine vorgefasste Idee. Ein Kritiker hat gesagt, bei mir lerne man nichts. Das stimmt. Ich schreibe Märchen für willige Erwachsene, ich erschaffe poetische und zeitlose Bilder, die wie Träume funktionieren. Ich bin nicht intelligent genug, um eine Themenkünstlerin zu sein. Ich lasse die Dinge auf mich zukommen und entdecke im Nachhinein Obsessionen, von denen ich keine Ahnung hatte. Ich habe meine Achillesferse zu einem Trumpf gemacht und spiele mit meinen Ungereimtheiten, meinen Widersprüchen und meiner Schwierigkeit, mit Konzepten umzugehen. Niemand gibt es direkt zu, aber bei denen, die mich kennen, spüre ich deutlich die Verblüffung, wenn sie meine Vorstellungen besuchen. Sie entdecken darin jedes Mal eine Verspieltheit und eine Freiheit im Ton, die ich mir im wahren Leben nicht erlaube. Wenn meine Schreibarbeit abgeschlossen ist, gebe ich die Hefte meiner Tonmeisterin und meinem Beleuchter. Sie fügen ihre stets hilfreichen Vorschläge hinzu. Dann gehe ich mit meiner Managerin Annetta Schlumberg, die mich seit meinen Anfängen begleitet, Mittag essen. Ich erkläre ihr mein Projekt, das sie mit mir durchgeht, bevor sie die Theaterdirektoren und Festivalleiter in Frankreich und im Ausland kontaktiert.

Meinen Raum zu teilen war eine kleine Revolution, zu der ich mich zwang, nachdem ich zwanzig Jahre lang mit einer Stimme aus dem Off gearbeitet hatte. Mit Alexandre Lanier ließ ich zum ersten Mal einen Dritten auf die Bühne, die ich bisher allein mit Théodora geteilt hatte. Das war ebenso aufregend wie beängstigend, denn auf der Bühne unterhalten Marionette und Mensch eine komplexe Beziehung. Sie ziehen sich an und stoßen sich ab. Eine zusätzliche Person kann das Leben, das ich meinem Geschöpf einzuflößen suche, jederzeit töten. Die Marionette wiederum kann durch ihre Eigenart und ihre gewaltige Anziehungskraft den Schauspieler zum Hampelmann machen.

Neben der Premiere, einen Fremden auf der Bühne zu dulden, stellte ich mich einer weiteren Herausforderung. Zum ersten Mal hatte ich ein Thema. Ich verließ meine poetischen Bilder, um mich einer Realität zuzuwenden, die ich unbedingt teilen wollte. Einige Monate zuvor hatte ein junger Marionettenspieler, der ein Praktikum im Atelier absolvierte, mich dazu gebracht, ins kalte Wasser zu springen. Beim Essen hatten wir über das zunehmende Verschwinden der Tiere gesprochen, und der junge Mann hatte im Brustton der Überzeugung verkündet:

»Unsere Nachkommen werden in einer Welt ohne Elefanten und ohne Frösche leben. Na und! Es wird ihnen nicht das Herz brechen, denn man kann sehr gut ohne sie leben. Was wir nie gekannt haben, fehlt uns nicht.«

Ich hatte in seiner Analyse und an seiner Stimme die unerträgliche Sorge gespürt, es könnte als reaktionäre Regung aufgefasst werden, den Tod der Elefanten zu beweinen. Das hatte mich zutiefst erschüttert.

Der Tod der Schönheit erschreckt mich, denn er ist der Tod des Glücks und die Negation meines Berufs. Ich habe keine militante Neigung, aber ich habe die künstlerische Schöpfung immer als beispielhaften Versuch angesehen, das Glück zu beschreiben. Natürlich würde ich mit einer nostalgischen Théodora nicht die Welt ändern, auch wenn sie noch so berührend war, aber meine Empörung war so groß, dass mir die Poesie nicht mehr genügte. Dabei mache ich mir nicht die geringste Illusion über den Platz und die Rolle des Künstlers in einer Welt, die ihm mehr denn je schmeichelt, um ihm die Zähne zu ziehen und ihn wirkungslos zu machen. Mir scheint, wir sind nicht mehr sehr gefährlich. Wir übernehmen unseren Teil an Verantwortung, wir prangern an, was uns empört, wir schreien unsere Wut heraus, aber der Mainstream spült uns mit allem anderen weg. Die Zeit ist unser Feind, und wenn sie durchdreht, zwingt sie uns zu einer grelleren Darstellung, damit man uns sieht, so wie wir dem Freund in der Ferne mit großen Bewegungen winken, damit er uns in der Menge entdeckt. Wir erleben jetzt alle die Versuchung, Aufsehen zu erregen, und verlieren dabei an Feinheit und Subtilität. Trotzdem, trotz all meiner Vorbehalte, hatte ich den Ehrgeiz, meine Missbilligung in Szene zu setzen.

Alexandre kam am Vormittag, nachdem er sich drei Tage nicht gemeldet hatte, also kein Selbstmord. Mit einer halben Pobacke auf dem Arbeitstisch sitzend blätterte er in dem Manuskript, das ich ihm bei unserer letzten Begegnung gegeben hatte. Unzählige bunte Markierungsstreifen ragten am Rand daraus hervor.

»Das ist eine ziemlich romantische Vision des Daseins, was? Engel, Einhörner, Vögelchen …«

Er machte sich über mich lustig. Ich war fassungslos. Ich präsentierte ihm auf dem Silbertablett die unverhoffte Chance auf ein neues Leben, und er erlaubte sich, kleinlich zu sein.

»Womit hatten Sie gerechnet? Mit Shakespeare? Koltès? Tut mir leid, ich bin nur Marionettenspielerin.«

Er verdrehte die Augen und lächelte schwach. Wieder ein Ausweichen.

Ich war noch nicht fertig.

»Zu sehen, wie allmählich die Meisen und Bienen aus meinem Garten verschwinden, hat wohl kaum was Romantisches. Und wenn Sie Lust haben, dem Ruf nach kollektivem Selbstmord zuvorzukommen, der sich deutlich abzeichnet, ist das Ihr Problem, nicht meins.«

Alexandre Lanier verbirgt seine Betroffenheit nicht. Er spielt damit. Meine Antwort hatte wie eine Ohrfeige geknallt, und im Profil betrachtet, erholte er sich nur mit Mühe von meiner heftigen Reaktion. Ohne es zu wissen, hatte er einen wunden Punkt berührt. Ich gebe zu, dass ich mich mit meinen Texten nicht so wohlfühle wie mit der Führung von Théodora. Schreiben ist für mich ein zweiter Beruf, der nicht immer von selbst läuft, die Kritik verletzt mich, weil sie berechtigt sein kann. Alexandre war jedenfalls mächtig dreist. Die Atmosphäre war bleiern, und ich rechnete damit, ihn ein für alle Mal verschwinden zu sehen.

Clara mischte sich ein, als er das Atelier gerade verlassen wollte. Sie wollte Stimmproben machen, ging auf Alexandre zu, ohne sich darum zu kümmern, was gerade ablief, und befestigte ein Mikro an seinem Revers. Sie bat ihn, die erste Seite des Textes zu lesen. Er zögerte kurz, dann setzte er sich und schlug das Manuskript auf. Ich setzte mich in eine Ecke des Ateliers – mit dem Rücken zu ihm, um mich konzentrieren zu können. Endlich würde ich erfahren, was in ihm steckte.

Ich erinnere mich daran wie an einen magischen Moment. Nach wenigen Sekunden war ich überzeugt, eine seltene Perle entdeckt zu haben. Er las mit seiner würdigen, wunderbar bedächtigen Stimme, mit der Sicherheit eines Märchenerzählers und einem ausgeglichenen Redefluss. Meine Sätze waren wie verwandelt. Ich hätte wetten können, dass er den Text, über den er sich eben noch mokierte, bereits auswendig gelernt hatte. Leider hielt die göttliche Überraschung nicht lange an, denn schon drängte sich eine andere, eisige, unerbittliche Tatsache auf. Dieser Mann machte sich mit verstörender Leichtigkeit Gedanken zu eigen, die er nicht teilte, Bilder, die ihn eiskalt ließen, ohne dass seine Stimme etwas davon verriet. Unfassbar mühelos gewährte er mir ein Almosen und verspottete mich dabei.

Irgendwer hat mal gesagt, man solle diejenigen, die sterben wollen, niemals zwingen, am Leben zu bleiben. Sie lassen uns für unsere Hartnäckigkeit büßen und versuchen uns unablässig zu überzeugen, dass alles gleich viel wert ist, nämlich nicht viel. Alexandre Lanier hatte mir soeben bewiesen, dass mein Text nicht viel wert war.

Clara, Paul und ich sind es gewöhnt, konzentriert zu arbeiten. Wir reden wenig, und meistens ist es im Atelier ganz still. Alexandres vibrierende Stimme hat alles verändert. Nach einer Woche Proben hatte er durch seine bloße Anwesenheit unsere Routine über den Haufen geworfen und uns seinen Rhythmus aufgezwungen. Sein Körper gab ununterbrochen Signale von sich, Verzweiflung, Ärger, auch Verlangen. Sein pfeifender Atem wurde von langen, lauten Seufzern unterbrochen. Er war außerstande, unbemerkt zu bleiben, lief herum, wenn er überlegte, und redete los, sobald er etwas zu sagen hatte. Das konnte nicht warten. Er war förmlich von Nervosität zerfressen und reagierte sich mit diversen unnötigen Gesten ab. Seine immer weißen Hemden waren makellos, die Cordhosen perfekt gebügelt, und die groben englischen Schuhe schienen eifrig gewienert zu werden. Es sah aus, als verhinderte nur die Kleidung, steif wie eine Uniform, dass sich seine Glieder im Raum verteilten. Alles an ihm trug dazu bei, die Atmosphäre jeden Tag etwas mehr zu elektrisieren. Clara verstummte völlig, und ihr Blick schleuderte Hassblitze, sobald er näherkam. Paul machte im Wortsinn den Buckel krumm und richtete nie direkt das Wort an ihn. Besorgt beobachtete ich dieses Psychodrama ohne Geschrei. Heute frage ich mich, warum ich Alexandre die Macht in meinem Atelier übernehmen ließ, ohne einzugreifen und ihn auf seinen Platz zu verweisen. Sicher wegen seines Schauspielertalents, das ihn unersetzlich gemacht hatte.

Théodora ist mein Geschöpf und mein Idol. Heute schläft sie in ihrer Schatulle, nachdem sie zwanzig Jahre lang meine einzige Obsession gewesen ist. Ich kann noch nicht in der Vergangenheit von ihr sprechen. Alle, die sie kennengelernt haben, sagen, dass sie strahlt, dass sie fasziniert bis zum Grauen. Sie ist eine außergewöhnliche Marionette. Sobald sie die Bühne betritt, hat sie das Publikum in der Hand. Sie ist so groß wie ein zehnjähriges Kind. Ihr Kopf hat die Form eines Schulps. Sie hat keine Augen, keinen Mund, keine Ohren und keine Haare. Nur ihre lange, schmale Nase deutet ihre Menschlichkeit an. Sie spricht nicht. Ihre Gedanken, ihre Gefühle, ihre Wünsche und ihre Pläne werden uns nur durch ihre Gesten offenbart. Außer Clara und Paul hat niemand sie je leblos gesehen. Immer bin ich da, damit man sie aufrecht, erhaben und geheimnisvoll wahrnimmt. Ich bin ihr Demiurg, aber ich bin auch ihre Dienerin, ihre eifrige Zofe, bereit, auf jeden ihrer Wünsche zu reagieren. Mir ist bewusst, dass meine Leidenschaft für eine Gliederpuppe extravagant ist. Dabei ist sie leicht zu verstehen. Théodora ist die Person, ja, die Person, mit der ich im Leben die meiste Zeit verbracht habe.

Nach zehn Tagen Probe hatte Alexandre Théodora noch nicht gesehen. Ich wartete, bis er seinen Text beherrschte, bevor ich ihm seine Partnerin vorstellte. Er entdeckte sie eines Morgens, vor sich hin träumend auf einer Chaiselongue ausgestreckt. Sie hielt den Kopf leicht gesenkt, eine Hand an der Wange. Eine winzige kreisende Bewegung ihres weißen Gesichts deutete an, dass sie ein mitreißendes Lied sang. Ich bewege sie inzwischen mit solcher Sicherheit, dass ich meine Finger spielen lassen kann, ohne sie anzuschauen. Deshalb konnte ich Alexandre beobachten, als er mein Geschöpf entdeckte. Seine Fassungslosigkeit überraschte mich nicht. Ich bin daran gewöhnt. Aber ich hatte noch nie gesehen, dass sich jemand so heftig von Théodora abwandte. Als sie sich von ihrer Chaiselongue erhob und auf ihn zuging, versteckte Alexandre sein Gesicht in den Händen und stieß einen Entsetzensschrei aus, dann rannte er hinaus, ohne sich umzudrehen.

Nachdem ich an jenem Abend die Kinder geküsst und Philippe angerufen hatte, der irgendwo auf Dienstreise war, dachte ich über alles nach. Ich versuchte zu begreifen. Alexandre war selbstmordgefährdet, das durfte ich nicht vergessen. Der Selbstmordkandidat spielt mit dem Tod. Er zwickt ihn, um ihn zu reizen, er provoziert ihn. Er nähert sich ihm, dann entfernt er sich wieder, um Atem zu holen und noch eine Weile zu leben. Théodora ist ein Kadaver, dem ich Leben einhauche. Hatte er das wahrgenommen? Hatte er in ihr einen Geist gesehen, der aus dem Jenseits zurückgekommen war, um ihn vor dessen Grauen zu warnen? Hatte ihn Théodora spüren lassen, dass man sich bei diesem Spiel schnell die Finger verbrennt?

Ich war überzeugt, meinen Erzähler verloren zu haben.

Und ehrlich gesagt hoffte ich es auch. Ich ertrug die ständigen Wandlungen dieses ungreifbaren Menschen nicht mehr, der von einem Tag zum anderen, manchmal von einer Stunde zur anderen, bezauberte, reizte, erstaunte oder enttäuschte. Bei Sturm konnte ich noch nie arbeiten.

5

Das Kolloquium, bei dem ich einen Vortrag halten sollte, fand am Tag nach der Begegnung von Alexandre und Théodora in einem kleinen Vorstadttheater statt. Ich war mit den Gedanken woanders, aber ich war entschlossen, meiner Verpflichtung nachzukommen, denn mein Beitrag wurde mit Neugier erwartet. Zum Thema »Die Marionette als Therapie« waren in gleicher Anzahl Künstler, Psychiater und Journalisten, die über beide Berufsgruppen schrieben, eingeladen.

Vor etwa zehn Jahren ist in Italien ein Buch erschienen, dessen Autor Marionettenspieler aller Richtungen interviewt hatte. Darin hatte ich zum ersten Mal den Ursprung meiner Berufung verraten. Mein Coming-out sorgte für Aufsehen und zahlreiche Reaktionen. Tatsächlich ist meine Geschichte ungewöhnlich. Mit fünf Jahren bin ich während der Ferien am Meer von einem Felsen abgerutscht und drei Meter tief gestürzt. Die Folgen dieses Traumas waren mehr psychisch als physisch: Der Beinbruch war schnell vergessen, was blieb, war ein heftiges Stottern, das mich bis in die Jugend quälte. Ein Logopäde machte den Vorschlag, der mein Leben ändern sollte:

»Kaufen Sie ihr Kasperpuppen und ein kleines Theater und besuchen Sie ihre Vorstellungen wie den Gottesdienst«, riet er meinen niedergeschlagenen Eltern.

Gesegnet sei dieser Mann! Ich habe eine schreckliche Erinnerung an den Plastikgeruch der Fingerpuppen, die mein Vater gleich am nächsten Tag in einem Spielzeugladen gekauft hatte. Schneewittchen und seine Zwerge, die drei Schweinchen und ihr Wolf, die Prinzessin und ihr Frosch. Später wurden die Puppen aus ihrem Kontext gerissen und gaben ihre Hülle für diverse Variationen her. Die Zwerge schlugen brüllend aufeinander ein. Schneewittchen und die Prinzessin, vom Wolf verfolgt, fanden Zuflucht bei den Schweinchen. Der Frosch wiederum rief mein Publikum zur Ordnung, wenn es sich ablenken ließ. Wie der Logopäde vorausgesagt hatte, verschwand mein Stottern, sobald sich der Vorhang öffnete. Sobald ich eine andere Identität annahm, sprach ich fließend und theaterreif. Heute kann ich ohne den Hauch eines Zweifels sagen, dass mir meine Phantasie das Leben gerettet hat.

Für einen Stotterer ist der Satz ein endloser, schmerzhafter Anstieg, dessen Notwendigkeit und Sinn unterwegs verlorengehen. Jahrelang las ich auf den Gesichtern derjenigen, die mir zuhören mussten, das allmähliche Schwinden einer ohnehin gezwungenen Aufmerksamkeit. Das lange erwartete Ende meiner stockenden, mühsamen Sätze konnte nur noch eine Enttäuschung werden. Frustriert über mein

Handicap beschloss ich mit acht Jahren, die Marionetten an meiner Stelle sprechen zu lassen. Mehrere Jahre lang fanden meine Eltern und meine Schwester nur noch Zugang zu Lucie, wenn sie sich vor mein hölzernes Puppentheater setzten. Raffiniert spielte mein Vater den Begeisterten, um sich in das Stück einzumischen und Schneewittchen oder Dingo Fragen zu stellen. Durch ein subtiles Kommunikationsspiel fand er heraus, was in der Schule passiert war, dass ich ohne Mappe nach Hause kam, warum ich am Sonntag nicht mehr in den Wald wollte oder was ich mir zu Weihnachten wünschte.

Wir haben alle unendlich viel Geduld an den Tag gelegt. Sie, indem sie ein Spiel mitspielten, das sie anstrengte, und ich, indem ich mich allmählich wieder darauf einließ, Sätze zu bilden und ohne den Umweg über meine Puppen zu kommunizieren. Zum dreizehnten Geburtstag schenkten mir meine Eltern die erste Marionette, Oscar, gewissermaßen der Vater von Théodora. Etwa gleichzeitig kam ein Kinderarzt in die Stadt, der mir eine revolutionäre Therapie verordnete. Ich durfte nicht mehr stottern, und alle, die mit mir sprachen, hatten die Anweisung, an meiner Stelle meine Sätze zu beenden. Das Verfahren war brutal, aber das Ergebnis ließ nicht lange auf sich warten. Mit vierzehn war ich tatsächlich geheilt. Ich kann sagen, dass ich durch diese Episode in meinem Leben meinen Weg, einen ausgeprägten Sinn für Disziplin und die wunderbare Fähigkeit gefunden habe, mich aus allem herauszuwinden, was mich stört. Meine ganze Kindheit hindurch bewegte ich mich unter der Maske von Schneewittchen, einem lächelnden Zwerg und später von Oscar, dessen technische Raffinesse gerade rechtzeitig kam, um die komplexen Gedanken eines inzwischen vaterlosen Teenagers auszudrücken.

Ich werde regelmäßig zu Kolloquien über Autismus und Geisteskrankheiten eingeladen. Ich komme gern. Aber wenn ich sage, dass nicht alle das Glück hatten, von einem Felsen zu fallen, spüre ich, wie eine Unruhe durch die Zuhörerschaft geht. Wo man Anteilnahme, Emotionen und Empathie erwartet, antworte ich mit Strenge, Disziplin und Humor. Ich bin überzeugt, dass Humor und Tragik immer mit großer Menschlichkeit zusammenspielen und das eine dem anderen die Größe bringt, die ihm fehlt. Die Künstler verstehen das, die Ärzte weniger.

Nach meinem Vortrag traf ich im Foyer meine alten Freunde, Kristof Pospisil, Luigi Majonara und Dominique André, den visionären Illusionisten von *Venus backwards.* Wir sehen uns regelmäßig. Ich liebe unsere Palaver. In unserer Innung ist der Erfolg des einen der Erfolg von allen, denn wir üben eine verkannte und schlecht verstandene Kunst aus. Kristof, ein großer Handpuppenkünstler, hatte gerade sein neues Stück für das Festival in Lissabon fertiggestellt. Luigi, Tänzer und in der ganzen Welt berühmt, weil er auf der Bühne einen Koitus mit einer Aufblaspuppe simuliert hatte, hielt, wie er sagte, eine Riesenüberraschung für uns bereit. Während ich ihnen zuhörte, fühlte ich mich ziemlich ausgepowert. Mir wurde bewusst, dass mich meine Schwierigkeiten mit Alexandre Lanier und die bedrohliche Schwere, die er um sich verbreitete, mehr zermürbten, als ich mir bisher eingestanden hatte. Ich verließ sie verstört und verängtigt von der Zeit, die raste, und von meinem Selbstmordkandidaten, den ich womöglich von einem Tag auf den anderen ersetzen musste.

Man wirft mir manchmal vor, unnachsichtig zu sein. Das ist ungerecht. Man muss wie ich alle möglichen Tiefen durchschritten haben, um zu begreifen, dass die Gefühle unter dem Zwang der Anstrengung allmählich zum Rohstoff werden, von dem sich der Künstler nährt. Meine Unnachsichtigkeit ist kein abnehmbarer Panzer, hinter dem sich irgendeine Gefühlsduselei versteckt, sondern eine dicke Handwerkerhornhaut, die mir mit der Zeit gewachsen ist. Ich bin hart, weil ich einiges durch habe. Ich habe meine ganze Kindheit gekämpft, um die Luftklumpen, die meinen Mund verstopften, durch Töne zu ersetzen, ich habe mich mit dem Geist meines Vaters herumgeschlagen, dessen Gänsehals von einer Schlinge umschlossen war, dann mit der hartnäckigen Weigerung meiner schönen Théodora, ordentlich zu laufen und etwas von ihrer tote Seele zu offenbaren. Ich habe gelernt, beidhändig zu sein, wie ein Boxer an meiner Linken zu arbeiten, die Muskelschmerzen zu ertragen, die ständig wiederkommen, weil ich am ausgestreckten Arm eine Puppe halte, die jeden Tag etwas schwerer wird. Bis tief in die Nacht stemme ich mich schweigend gegen die Schwerkraft. Eine Marionette kann nicht laufen. Der Boden lässt sie einknicken, erschlaffen und zusammensinken. Ich musste meinen Puppen beibringen, die Schwerkraft zu beherrschen und dabei ihre Leichtigkeit zu bewahren. Ich brauchte Jahre, bis ich es schaffte, Théodora die Bühne durchmessen zu lassen, ohne dass sie einer Schlittschuhläuferin oder einem unwiderstehlich von der Decke angezogenen Ballon glich. Vor einem Spiegel, in dessen Widerschein meine Marionetten mühsam das Leben nachzuahmen suchen, wiederhole ich wieder und wieder die gleichen Bewegungen. Das ist alles sehr kompliziert. Umso komplizierter, als man auch die Unvollkommenheit akzeptieren und als Geschenk annehmen muss. Wenn mein Geschöpf mir entgleitet, schafft es eine Verwirrung, die das Herz meines Berufes bildet. Was an ihr nicht menschlich ist, hat einen unschätzbaren Wert, denn da kommt die Faszination ins Spiel. In diesem Zwischenraum, wo sich jeder fragt, wer diese Erscheinung, nicht ganz Mensch, nicht ganz Ding, wirklich ist. Ich musste mich damit abfinden, nicht alles zu beherrschen, und ich glaube, das hat mich die meiste Zeit gekostet.

Gegen jede Erwartung war Alexandre nicht ausgestiegen. Zwei Tage nach seiner Begegnung mit Théodora kam er wieder ins Atelier, ohne den Zwischenfall mit einem Wort zu kommentieren. Dass ihn meine Marionette abstieß, konnte er jedoch nicht verbergen. Sobald ich sie aus ihrer Schatulle holte, wandte er den Kopf ab, als wollte er sich vor einem Fäulnisgeruch schützen. Wir mussten unbedingt reden, und so ging ich eines Morgens Ende Januar mit ihm ins Bistro, ohne Clara und ohne Paul, um ein für alle Mal Klarheit zu schaffen. Ich fragte ihn, warum ihm Théodora so unerträglich sei. Die Hände um sein Bierglas gelegt, erklärte er seine Weltsicht, was ich gar nicht erwartet hatte. Allerdings ging er nicht ins Detail und blieb ziemlich nebulös, um sich noch mysteriöser zu machen. Mit seinem kleinen, dreckigen Lächeln erzählte er mir von seinem Zynismus, einem mondänen Gift, so seine Worte, das langsam in ihn eingesickert sei und ihn schließlich verrückt gemacht habe. Er habe ein Stadium erreicht, wo er, vom Nihilismus ausgehöhlt, nichts mehr tun könne, weil alles sinnlos sei, er habe in einer fade gewordenen Gesellschaft alle Empfindungen verloren. Théodora habe ihn aus einem langen Schlaf gerissen, sagte er, und er müsse sich erst daran gewöhnen. Er sprach über ihre makellose Schönheit, ihren unverständlichen Charme und vor allem ihre Zerbrechlichkeit, die ihn verletze. Er versicherte mir, er gewöhne sich allmählich an ihre Anwesenheit. Zum Abschluss seufzte er tief, dann verpflichtete er sich, jeden Morgen pünktlich da zu sein. Er gab mir seine Telefonnummer und holte das Manuskript seines Buches aus einer Plastiktüte. Von diesem Tag an beugte er sich im Atelier bescheiden und konzentriert den Anweisungen, die auf ihn einprasselten.

Am selben Abend blätterte ich in seinem Manuskript. Es war ein Monstrum, ein gigantisches, unlesbares Werk. Ich hatte den Text eines in der Kultur verlorenen Autodidakten vor Augen. Da, wo Wissenschaftler und Spezialisten kürzen und auswählen, präsentierte Alexandre jeden einzelnen Beleg. Ich war überrascht, dass ein Verleger so ein Werk angenommen hatte. Noch heute bin ich fassungslos über meine Leichtgläubigkeit. Dass ich hartnäckig die Augen verschloss, wird mir immer ein Rätsel bleiben. Ich erinnere mich, dass ich mich immerhin gefragt habe, wie sich ein Mann, der behauptet, von seinem Zynismus vergiftet zu sein, an ein so unmögliches Unterfangen machen konnte, das man ohne absoluten Glauben nicht zu Ende bringen kann. War es nicht eher das Werk eines Verrückten? Aber wer von uns beiden war dann der Verrücktere?

Im Februar wandten wir uns der Inszenierung zu. Théodora und mein Erzähler mussten zu einem harmonischen Duo werden. Mir war nicht klar, was wir von Alexandre verlangten. Als Glied eines Binoms mit einer Frau-Puppe aus weißem Holz, die im Zentrum aller Aufmerksamkeit stand, musste er einen Text lesen, der ihn nicht überzeugte. Seine Rolle wurde durch ein sekundengenaues Timing erschwert, das ihn zwang, für sich die Pausen auszuzählen, in denen Théodora spielte. Unsere inneren Uhren mussten absolut synchron laufen. Obwohl es ihn sichtbar stresste, ließ er sich mit großer Geduld darauf ein. In keinem Moment hatte ich den Eindruck, er hätte den geringsten Spaß an dem, was er tat, aber er beklagte sich nicht. Manchmal, wenn sich unsere Blicke trafen, las ich in seinen Augen einen tiefen Widerwillen. Er schien ständig einem Magneten zu widerstehen, der ihn woandershin zog. Es war irritierend, jemanden zu sehen, der sich mit so viel Talent einem Unternehmen widmete, das ihn abstieß. Eines Abends rief ich auf dem Weg vom Atelier nach Hause den Radiosprecher an. Ich erklärte ihm, ich hätte meine Stimme gefunden.

Ende Februar waren wir schon gut vorangekommen. Uns blieb ein Monat bis zur Premiere. Alexandre ging an seinen Platz und ließ Théodora auf der Chaiselongue Platz nehmen, ohne sich zu früh oder zur Unzeit hören zu lassen. Seine Beziehung zu ihr war sehr zwiespältig. Da er jetzt zur Truppe gehörte, hatte er das Privileg erworben, sie in ihrer Schatulle liegen und schlafen zu sehen. Ich glaube nicht, dass er sie je berührt hat. Nach zwei Monaten Zusammenarbeit kannte ich immer noch weder sein Alter noch seine Adresse. Ich wusste alles, was er über den Stummfilm und die japanische Küche dachte, und kannte seine Abscheu vor den kleinen, kriechenden Insekten, die es in der Küche des Ateliers gab. Ich hatte festgestellt, dass er nur drei Hemden besaß, dass er nicht mit der Metro nach Hause fuhr und dass er mit Clara die Begeisterung für alte englische Autos teilte. Das alles machte noch kein Leben aus. Liebte er jemanden? War er verheiratet? Hatte er Kinder? Geld? Er hatte abgelehnt, dass ich ihn für seine Arbeit bezahlte. Das Thema sei erledigt, hatte er gesagt. Das galt für das Geld, aber auch für alles andere. Ich dachte, mit der Zeit, dem Vertrauen und der Nähe würde er anfangen, mir von sich zu erzählen. Mir oder auch Paul oder Clara, die immer noch nicht wussten, dass Alexandre vor sich selbst eine Gnadenfrist genoss. Ich war völlig auf dem Holzweg. Das Geheimnis Alexandre Lanier war ein täglich wachsendes Spinnennetz, regelmäßig gewobene Spitze in einem perfekten Achteck, ein Labyrinth, in das ich mich gewagt hatte, obwohl ich keinen Ariadnefaden besaß, der mir geholfen hätte, den Rückweg zu finden.

6

Ich hätte alles Tag für Tag aufschreiben sollen. Ich habe ein hervorragendes Gedächtnis, aber ich bin wie alle. Was ich mir merke, ist nicht unbedingt das, was ich mir gern gemerkt hätte. Trotzdem habe ich eine sehr deutliche Erinnerung an den Abend, an dem Alexandre meinen Mann und die Kinder kennengelernt hat. Wir sind eine chaotische Familie und deswegen extrem organisiert, so zumindest die Theorie. Wir jonglieren mit Zeitplänen, Kalendern und Zeitverschiebungen. Philippe ist ständig auf Dienstreise. Er ist Juwelenhändler und überall auf der Welt auf der Suche nach Edelsteinen, die irgendwann geschliffen und eingefasst als Ringe in den Schaufenstern teurer Läden, an den Händen indischer Prinzessinnen oder in amerikanischen Flüssen enden. Er hat wenig Zeit, sich um Louis und Véga zu kümmern. Ich wiederum bin meistens im Atelier, wenn ich nicht auf Tournee bin.

Agnès, die gern die Unglücksprophetin spielt, behauptet,

dass ich mir etwas vormache und dass es meinen Kindern nicht so gut geht, wie ich annehme. Natürlich geht es ihnen manchmal nicht gut. Nur ein Roboter, ein Ölporträt oder das Topmodel auf Hochglanzpapier lächelt den ganzen Tag. Die Stimmung des Menschen schwankt. Dann lasse ich Agnès über die ideale Erziehung referieren. Das ist ihre Art, mich daran zu erinnern, dass sie sich genauso viel um meine Kinder kümmert wie ich und dass sie sie sehr gut kennt. Oft rufen Louis oder Véga eher sie als mich an, wenn es ein dringendes Problem zu lösen gibt. Ich nehme es ihnen nicht übel. Ich bin keine Glucke. Philippe meint, so laufe es in den afrikanischen Familien, und den Kindern gehe es damit nicht schlechter. Ich finde jedenfalls, dass sie mit sich im Reinen sind.

Louis ist noch ein Kind, ein blondes Kind mit Babyspeck. Er hat alles von mir geerbt, während Véga, gertenschlank und blass, glücklicherweise der Klon ihres Vaters ist. Sie ist so jungenhaft wie er und scheint geradewegs aus dem Feinwaschprogramm einer Waschmaschine zu kommen. Meine Kinder sind schön, intelligent und lebhaft. Keiner ihrer Eltern hat sich das Leben genommen, sie stottern nicht und haben ihre Kindheit nicht wie ihr Vater im Internat verbracht. Sie machen uns keine Geschenke, das stimmt, aber ihre Arroganz beunruhigt mich nicht, denn im Grunde haben sie ein freundliches Wesen. Unsere Lebensweise hat sie selbstständig gemacht, und dass sie kein Blatt vor den Mund nehmen, zeugt nur von ihrer Reife. Ich bin sicher, dass sie in ihrem Unglück, das meine Schwester unterstellt, ziemliches Glück haben. Sie sind zwischen einer Zauberin als Mutter und einem Griot als Vater aufgewachsen. Seit sie ganz klein waren, habe ich mit meinen alten Handpuppen ihre Phantasie angeregt. Und Philippes Leidenschaft für die Steine ist ein riesiger Schrank von Geschichten, deren Schubladen voll mit Perlen und Topasen sind. Keine Prinzessin ohne Rubin, kein Pirat ohne Kisten voller Edelsteine, kein Maharadscha ohne Diamanten so groß wie Eier, keine Sirene ohne ihren Aquamarin. Smaragde sprudeln aus dem Mund junger Mädchen und den Hintern der Esel. Man findet sie im Kuchen, und manchmal verschluckt man sie sogar. Obendrein ernährt ihre Tante sie königlich, und ihr Onkel hat aus ihnen Mathe- und Physikbestien gemacht. Kurz und gut, wir sind keine schuldigen Eltern.

Wir haben ein unverrückbares Ritual. Die Winterferien verbringen wir *en famille.* In Paris oder auf dem Land in unserem Haus. Da sich Véga und Louis immer mehr dagegen sträuben, »in diesem Kaff zu vergammeln«, wo sie sich langweilen, bleiben wir neuerdings eher in Paris. Als ich Alexandre ankündigte, wir würden ein paar Tage Pause machen, wurde er blass. Ich hatte das Gefühl, ihn ins Nichts zurückzustoßen oder, schlimmer noch, zu den Geistern, die er vorübergehend vergessen hatte.

Vielleicht war dieser Eindruck von Verlorenheit der Grund, dass Philippe ihn einlud, sich uns anschließen, als er mich mit den Kindern im Atelier abholen kam. Ich hatte ihm irgendwann von Alexandre erzählt, ohne ins Detail zu gehen. Wenn ich ihn am Ende der Welt anrufe, wird alles so banal. Er wusste nichts über die Umstände, unter denen ich Alexandre kennengelernt hatte, und ich hatte ihm auch verheimlicht, dass ich fast nichts über meinen Erzähler wusste.

Philippe ist ein glücklicher Mensch, und er zeigt es deutlich. Hemmungslos beschenkt er alle mit seinem Lächeln, seinem Charme und seinen Geschichten. Die Steine machen ihn verrückt, das ist lustig. Er arbeitet mit der Leidenschaft eines Schatzsuchers. Als Alexandre im großen Speisesaal von Monsieur La, meinem chinesischen Nachbarn, neben ihm saß, kam er mir vor wie eine von einem dicken Tuch umhüllte Glühlampe. Louis und Véga beobachteten den Neuling mit einer gewissen Neugier. Die beiden benehmen sich wie aktive Mitglieder eines Clubs, für die jeder Fremde erst mal Anlass zur Vorsicht ist. Alexandres mögliche Einsamkeit, gewollt oder erzwungen, war nicht ihr Problem.

Dieses Abendessen hat bei mir einen grauenvollen Eindruck hinterlassen. Alexandre hatte von Anfang an die Haltung eines Musterschülers angenommen, die ich nicht an ihm kannte. Er hörte zu, ohne selbst etwas zu sagen, und hatte den Kopf eingezogen wie ein Opferlamm. Philippe muss sich nicht aufspielen, um zu existieren. Er spricht viel, vergisst aber nie sein Publikum und nimmt alles wahr, was um ihn herum passiert. Während Alexandre anderswo und mit anderen Menschen am Ende der Tafel vergessen worden wäre, zwang ihn Philippe an jenem Abend, lebendig zu bleiben. Ohne ihn zu nötigen, versuchte er ständig, seine Aufmerksamkeit zu wecken. Kurz zuvor hatte er für einen Juwelier an der Place Vendôme den Kauf eines rosa Saphirs, einer »Lotusblüte«, ausgehandelt, der das Hochzeitsdiadem einer amerikanischen Schauspielerin zieren sollte, »deren

Namen ich euch verschweige«, wie er hinzufügte. Er machte sich die Mühe, beim Urschleim anzufangen, um unserem Gast seinen Beruf zu erklären. Unterstützt von Louis und Véga, die fast ebenso viel wie er über das Thema wissen, erklärte er Alexandre, ein Diamant sei »nichts anderes als Kohlenstoff«.

»Man wiegt, man misst, man macht Listen und Tabellen, aber jeder Edelstein ist einzigartig, und es gibt genauso viele Ausnahmen wie halbwegs kategorisierte Steine. Nur unechte Steine sind wirklich perfekt. Granate, Smaragde, Diamanten haben nicht unbedingt die Farbe, die ihr Name bezeichnet, und bergen winzige Besonderheiten, unendlich viele sehr begehrte Mängel. Deshalb liebe ich diesen Beruf. Man erlebt immer wieder Überraschungen, einen Stein mit einer außergewöhnlichen Größe, Farbe oder einem Einschluss, den man noch nie gesehen hat. Was die Leute dann daraus machen, interessiert mich weniger.«

»Jetzt übertreibst du, Papa«, unterbrach ihn Véga. »Du machst die ganze Zeit nichts anderes, als dir den Schmuck anzusehen, den die Leute tragen!«

»Zugegeben, aber mir gefällt besonders das Schicksal der Steine. Sie werden eingesetzt, ausgeschnitten, geschliffen und umgeschliffen. In neuem Kostüm trotzen sie der Zeit. Sie gehen von Hand zu Hand, verschwinden in einem Safe und kommen hundert Jahre später strahlender denn je wieder ans Tageslicht. Ein Edelstein geht vom Hals einer Königin zur Scheide eines prunkvollen Schwerts. Man entreißt ihn einer Frau, die man verstößt, und viel später findet er am Finger einer freien Frau seine Unschuld wieder. Egal welche

Hand ihn trägt, der Schmuck steht für sich selbst. Er kann uns schöner machen, aber er ist auch ohne uns schön. Wenn eine Frau sagt, *dieses Juwel steht mir nicht*, weiß sie nicht, dass nicht sie das Juwel ablehnt, sondern das Juwel sie.«

Louis erzählte etwas nüchterner von Wasserläufen, die man umlenkt, um Edelsteine zu finden, und Véga von Schächten und riesigen Löchern unter freiem Himmel. Sie ist unser moralisches Rückgrat und musste natürlich an die entsetzlichen Arbeitsbedingungen derjenigen erinnern, die für unser Vergnügen in gesundheitsschädigenden Minen graben. Etwas widerwillig überließ es Louis seiner Schwester, die Geschichte des Hope-Diamanten zu erzählen, der allen Unglück gebracht hat, die ihn besaßen. Dann übernahm er wieder das Ruder und erzählte seine Lieblingsanekdote, die des größten Diamanten der Welt, der von Südafrika nach England in einem normalen Postpaket transportiert wurde. Jetzt waren sie in Schwung, und es wurde ein wahres Fest. Alles kam zur Sprache. Die geheimnisvolle Fassung des Van Cleef, das Grüne Gewölbe, Topkapi, der große Sancy, der Zarenschatz …

»Und du? Bist du Schauspieler?«, fragte Louis, als die Rechnung bezahlt war und wir gerade aufstehen wollten.

Seine Frage klang nach schlechtem Gewissen in letzter Minute. Alexandres Schweigen war wie eine Last gewesen, die wir aus Großmut oder aus bloßer Höflichkeit zu viert getragen hatten. Er richtete sich nicht auf, sondern sank noch mehr in sich zusammen. Seine dunklen Augen hefteten sich an meine, und er lächelte.

»Umständehalber.«

Ich fügte hinzu, er habe ein Buch über einen Filmemacher geschrieben, der am Ende seines Lebens, ruiniert und vergessen, Bonbons verkauft habe.

Interessiert bohrte Véga weiter. Mit müdem Widerstreben erzählte er wenig anregend vom Leben des Illusionisten, während er mit der Gabel über den Tisch schabte.

»Bist du verheiratet?«, fragte Louis.

»Nein.«

»Hast du Kinder?«

Plötzlich fühlte ich mich wie eine ärgerliche Mutter, die ihren Eiskunstläufersohn vor der Jury den Salto verpatzen sieht, obwohl sie weiß, dass er eigentlich aufs Siegerpodest gehört. Alexandre gab sich nicht die geringste Mühe, ihnen zu gefallen. Keine Mühe, ihnen zu danken, dass sie seine Gleichgültigkeit überspielt und für ihn das lastende Schweigen ausgefüllt hatten, in das er sich während des ganzen Essens gehüllt hatte.

»Lasst ihn in Ruhe!«

Alle starrten mich verblüfft an. Philippe stand auf, und wir verließen das Restaurant im Gänsemarsch und ohne ein weiteres Wort.

Ich ertrage es nicht, wenn man sich selbst erniedrigt. An jenem Abend habe ich es bei Alexandre nicht ertragen. Warum hatte er es darauf angelegt, im Beisein meiner Familie den Langweiler zu spielen? Aus Masochismus? Oder weil er so eingebildet war, dass er in uns nur lächerliche Marionetten sah, die am Tisch herumhampelten? War seine gespielte Demut nur die Maske tiefer Verachtung? Keiner von uns hatte Schuld an seinem Unbehagen. Wie konnte er sich so wenig um das Bild scheren, das er nach einem Abendessen mit Unbekannten hinterließ?

Als wir zu Hause waren, wollte Philippe mehr über Alexandre wissen. Ich wich aus.

»Weißt du, dass er einen Schummlerring trägt? Früher konnten die Spieler mit dem Spiegelstein die Einfaltspinsel täuschen. Ich kenne Sammler, die eine Menge dafür bezahlen würden. Er hat einen englischen, in rosa Gold gefasst. Ende 18., würde ich sagen. Auf jeden Fall ist er ein komischer Kauz. Er kam mir vor wie ein als Krüppel verkleideter Athlet. Ein als armer Schlucker verkleideter Geldsack.«

Ich habe das nicht kommentiert. Aus all dem kann ich jedenfalls die Lehre ziehen, dass ich immer auf Philippe hören und seinem Diamantenhändlerinstinkt vertrauen sollte.

Seit ein paar Monaten hat sich die Situation geändert, und ich weiß nicht, in welche Richtung sich unsere Beziehung entwickeln wird. Da die Wahrheit am Ende immer rauskommt, kann ich es auch offen aussprechen. Außerdem können sich bestimmte Leute dann nicht rühmen, sie hätten es »immer gewusst«. Vor ungefähr zehn Jahren hatte Philippe einen gewaltigen Durchhänger. Damals schenkte ich ihm eine Reise nach Marokko, damit er auf andere Gedanken kommt, und dort, zwischen den Ruinen von Volubilis, gestand er mir, dass er eine andere habe. Meine erste Reaktion war, ihn anzuschreien, »erzähl es mir nicht«, wie man sich die Ohren zuhält, wenn die heulende Sirene eines Polizeiautos näherkommt. Er erzählte es mir trotzdem. Eine alte Geschichte, eine Jugendliebe aus einem Provinzinternat, er hatte versucht, sie zu vergessen. Aber so schnell gibt unser Begehren nicht auf. Wir jagen es zur Tür hinaus, aber früher oder später kommt es durchs Fenster wieder herein. Eine Woche zuvor hatte er mit der Frau Schluss gemacht, die aus der Vergangenheit aufgetaucht war. Aber Philippe wusste, und er sagte es mir, dass er mit einer anderen wieder etwas anfangen würde.

So wurde unsere Ehe unter dem wolkenschweren Himmel von Volubilis zu einem Vertrag, dessen Klauseln wir gemeinsam aufgesetzt haben. Philippe wollte mich nicht verlassen, er wollte nicht, dass die Kinder von seinem Doppelleben erfahren, ebenso wenig wie meine Schwester und alle anderen in unserem Umfeld. Er hatte eine Menge Forderungen, aber letztlich musste ich entscheiden. Während er redete, sah ich die Wolken rasend schnell über den Himmel ziehen, wie mein Leben. Ich hatte nicht den Mut, eine weitere Katastrophe zu erleben, Tränen, Schreie und ein weiteres Verschwinden zu ertragen. Also stimmte ich zu. Ich stimmte zu, bei einem anderen Mann zu bleiben als dem, den ich geheiratet hatte.

Ich hätte ihm böse sein können, dass er mich zur Mitwisserin seiner Seitensprünge gemacht hatte. Schließlich musste er mir nicht alles erzählen. Ich glaube, er hat es getan, weil er mit irgendwem darüber sprechen musste und ich die Einzige war, der er sich anvertrauen konnte. All seine Freunde sind auch meine, und seine seriöse Reputation schließt in dem Sumpf, in dem er geschäftlich herumtappt, jede Form offener Leichtlebigkeit aus. Vielleicht wollte er, dass ich ihm sage, »ja, mach ruhig, es ist kein Drama«? Tatsächlich habe ich ihm, mit anderen Worten, mein Einverständnis gegeben. Als wir wieder in Paris waren, spürten wir, dass die Hölle auf uns lauerte. Beide wollten wir unsere Kinder nicht in diesen Wahnsinn hineinziehen. Wie eine Sprache, die man zuerst nur rudimentär spricht, bevor man sich die Feinheiten aneignet, haben wir gelernt, Freunde zu sein. Philippe trotzte meiner Traurigkeit und meinen Zweifeln und setzte Stück für Stück die Ordnung durch, von der er geträumt hatte.

Die Zeit ist die Verbündete der Freunde, nicht der Liebenden. Philippe und ich sind die besten Freunde der Welt geworden, und zweifellos sind wir deshalb heute noch zusammen. Philippe lebt sein Leben auf Reisen. Ich weiß nicht, wen er trifft und wer die Frauen sind, mit denen er verkehrt. In seinem Umfeld wimmelt es von Mädchen, sie sind so hübsch wie die Juwelen, die sie verkaufen oder am Handgelenk tragen. Ich weiß, dass die Lust ein subtiles Gebräu brutaler, körperlicher, nicht verhandelbarer Realität ist. Ich weiß, dass mich Philippe vergisst, wenn er eine Frau trifft. Er muss woanders die tief in ihm vergrabenen Zeichen und Gefühle finden, die ihm das Ideal vorspiegeln. Meistens denke ich nicht daran. Sein Liebesleben ist mir inzwischen fremd, und er versucht nicht, etwas über meins zu erfahren. Vor fünf Jahren hatte ich das Gefühl, er würde weggehen. Für ein paar Wochen gab es ein Schwanken, ohne endgültige Worte und ohne Krise. Dann kam alles wieder in Ordnung. Vielleicht wird er eines Tages weggehen. Wenn die Kinder aus dem Haus sind, dann, wenn in klassischen Paaren die Männer nach Hause zurückkommen und ihre Frauen für ihre Mütter halten.

7

Meine Managerin Annetta Schlumberg brauchte Fotos für die portugiesische Presse, die sich für das neue Festival interessierte. Wir hatten uns nach den Winterferien verabredet, und sie kam mit einem Fotografen ins Atelier. Annetta ist Freiberuflerin. Sie hat sich aufs Theater spezialisiert, kümmert sich aber auch um ein paar Puppenspieler. Ich war die Erste, durch den Kontakt mit mir hat sie unsere Welt entdeckt. Nach und nach hat sie sich immer mehr engagiert, um die Mitglieder unserer speziellen Innung zu fördern. Das ist eine ziemliche Herausforderung. Die Puppenspielkunst ist vielfältig und wenig bekannt. Ein ganzer Berg von Klischees und Missverständnissen lastet auf ihr, glücklicherweise wird er allmählich kleiner. Annetta glaubt, dass wir Angst machen. Sie hat recht. Ich würde hinzufügen, dass die Erwachsenen deswegen lieber ihre Kinder ans Messer liefern, damit die sich an ihrer Stelle vor den Masken ängstigen, die ihre eigenen Züge verzerren. Für alle, die sich nicht die Mühe machen, uns kennenzulernen, sind wir die armen Verwandten des Theaters, der zweite Aufguss von Guignol und *Bonne nuit les petits.* Ich glaube, die Mischung der Genres wird uns retten. Die Grenzen verschwinden. Schauspieler spielen mit Hampelmännern, Tänzer tanzen mit Puppen. Meistens versteckt sich der Puppenspieler nicht mehr. Es geht nicht mehr darum, eine Illusion zu schaffen, indem man den Illusionisten verbirgt. Der Zuschauer ist nicht mehr das Kind, das glauben soll, unsere Figuren würden sich ganz von selbst bewegen. Man fühlt sich viel wohler, wenn das Problem der Täuschung geklärt ist. Wie im Leben.

Wir organisierten eine Art Generalprobe, damit der Fotograf den Kontext für seine Reportage bekam. Ohnehin waren wir so gut wie fertig. Das Timing stimmte, die Beleuchtung saß, Alexandres Einsätze kamen pünktlich. Mein Text war stimmig, und Théodoras Bewegungen schienen aus der Stimme des Erzählers zu entstehen, wie ich es mir erträumt hatte. Danach bat uns Annetta, zusammen vor der Wand des Ateliers zu posieren. Auf dem Foto, das vor mir liegt, schaut Alexandre zur Seite. Als die Session zu Ende war, schlug sie mir vor, eine neue Weinbar in der Nähe auszuprobieren.

Ich mag Annetta sehr. Sie ist mit Leib und Seele Italienerin, geboren im Nebel der Po-Ebene. »Wie Bassani und Antonioni«, pflegt sie zu sagen. Sie ist schön, und das Älterwerden schadet ihr nicht. Jedes Mal, wenn ich sie sehe oder am Telefon mit ihr spreche, überlege ich mir, dass der Mensch nicht dazu geschaffen ist, allein zu denken. Man muss reden, reden, reden, und nichts ist so gut wie eine italienische

Freundin, um dich davon zu überzeugen. Ich rede nicht gern, aber ich zwinge mich dazu, weil mich der Angriff auf meine Überzeugungen und die Auseinandersetzung voranbringen. Schweigen macht einen auf die Dauer verrückt oder zumindest bescheuert. An jenem Tag erfasste ich durch das Gespräch mit Annetta den Ernst der Lage. Sie erkundigte sich nach Alexandre, den sie genial gefunden hatte. Und das war er wirklich. Sie wollte mehr über ihn wissen, denn die Journalisten würden sicher nach dem brillanten, aus dem Nichts aufgetauchten Unbekannten fragen. Ich musste ihr gestehen, dass ich nicht viel wusste. Sie machte keinen Hehl aus ihrer Überraschung. Und während ich darüber sprach, begriff ich, dass er vermutlich jede Bezahlung abgelehnt hatte, damit er keine Unterlagen ausfüllen musste, durch die ich mehr über sein Leben erfahren hätte.

»Du lässt gratis jemanden für dich arbeiten, über den du nichts weißt? Ohne Vertrag? Du bist verrückt, Lucie!«

Annetta spürte wie Philippe, dass da etwas faul war, und stellte mir weitere Fragen. Sie war entsetzt, als sie hörte, dass er kein Schauspieler war. Sie wollte wissen, wo ich ihn gefunden hatte, und ich erzählte ihr die ganze Geschichte. Von der Kinovorstellung und seiner Frage, die die gleiche gewesen war wie die meines Vaters.

»Du bist in ihn verliebt!«, verkündete sie im Brustton der Überzeugung.

Für die Italiener ist die Liebe eine ernste Angelegenheit, die fast alles erklärt. Das sagt Annetta immer.

Nein. Ich war nicht in Alexandre Lanier verliebt. Nichts an ihm ließ mich an Liebe denken. Weder sein glattes, rundes Gesicht noch seine chaotischen Bewegungen noch die trostlose Uniform, die ihn einschnürte wie eine Rüstung, seine Seufzer, sein Lächeln oder sein Geheimnis.

Die anderen zwingen uns zur Klarheit. Man muss Sätze bilden, also muss man denken. Annetta fragte mich, ob ich die Vergangenheit reparieren wollte, indem ich für Alexandre täte, was ich nicht hatte tun können, um meinen Vater zu retten. Natürlich hatte ich mir die Frage seit unserer Begegnung im Kino gestellt, sogar oft. Aber sie bietet eine zu simple Erklärung an, deren Logik mich ehrlich gesagt ärgert, denn ich bin überzeugt, dass die Erinnerung keine Wunde ist, die unser Leben lang vor sich hin eitert. Ich versuchte Annetta begreiflich zu machen, dass es nicht darum gehe, einen alten Schmerz zu heilen, sondern nur darum, den gleichen Fehler kein zweites Mal zu machen. Sie glaubte mir nicht. Sie schwört einzig auf starke Gefühle. Für sie sind die toten Momente des Daseins, die Löcher und das Schweigen Blasen des Leidens, die die Leidenschaft stören. Sie kennt keine Gelassenheit und glaubt nicht, dass man Dinge allein wegen der Schönheit der Geste tun kann.

»Die Schönheit der Geste ist schließlich mein Beruf, oder?«

»Du bist eine Zauberin, Lucie. Deine Théodora weiß es am besten. Und ich vertraue dir. Du hast immer gewusst, was du tust.«

Dann besprachen wir die letzten Neuigkeiten aus der Theaterwelt, da weiß sie Bescheid. Sie ist immer auf dem Laufenden, und dank ihr bin ich es auch. Sie erzählte vom Festival in Lissabon, dem künftigen *place to be.*

»Alle werden da sein.«

Zum Schluss wandten wir uns Annettas Welt und ihren diversen Abenteuern zu. Sie hatte sich gerade in einen jungen Star des Schattenspiels verliebt, einen Kanadier, den sie beim Festival von Charlesville kennengelernt hatte, wo er eine »prachtvolle« Inszenierung um Proust und die Gräfin Greffulhe präsentiert hatte.

»Prousts Oriane, weißt du? Eine ebenso faszinierende wie harte Frau. Kannst du dir vorstellen, dass sie erst 1952 gestorben ist? Das heißt, bis 1952 war sie noch da, im Fortuny-Gewand, letzte Überlebende einer versunkenen Welt. Das ist alles so aufregend! Kannst du mir sagen, warum ich mich nicht Tag und Nacht damit beschäftige?«

Annetta lachte. Wenn sie verliebt ist, strahlt sie.

»Ich hoffe, du bekommst keine Schwierigkeiten mit deinem Neuzugang«, sagte sie und stand auf. »Ich hoffe auch, dass ihm klar ist, was er für ein Glück hat, mit dir zu arbeiten.«

Bis zur Premiere blieben drei Wochen. Annetta hatte Hotelzimmer und Flüge reserviert. Alexandre hatte ihr mitgeteilt, er wolle sich selbst um die Reservierungen kümmern. Seine Weigerung alarmierte sie, die die Organisation »so schon kompliziert genug« fand und nicht auch noch die Launen der einen oder anderen akzeptieren wollte. Ich beruhigte sie. Bis jetzt hatte er die Herausforderung bewältigt. Er war pünktlich und regelmäßig gekommen, auch wenn ich weiterhin spürte, dass er gegen seinen Willen dabei war.

Eines Morgens fand ich beim Aufwachen eine Nachricht von Alexandre. Er hatte sich wohl in der Nummer geirrt und mir eine SMS geschickt, die nicht für mich bestimmt war. »Émilie, ich komme nicht mit nach London. Wir treffen uns morgen um 19 Uhr im L'Utopie. Dann erkläre ich es dir.« Der Andere ist ein göttliches Mysterium. Ich erinnere mich, dass ich ebenso aufgeregt war, wie als ich in der Toilette meiner Schwester einen Test in einer Frauenzeitschrift entdeckt hatte. Sie hatte die Felder a, b oder c angekreuzt, um zu erfahren, was für eine Liebhaberin sie war. Ihre Antworten hatten mich fasziniert, obwohl sie mich nicht überraschten. Diese SMS lieferte mir gratis ein kleines Stück aus dem Dasein des Alexandre Lanier.

Es gab also eine Frau in seinem Leben. Weil das, was wir vermuten, immer viel interessanter ist als das, was wir wissen, gewann diese Émilie plötzlich eine besondere Bedeutung. Alexandre hatte vorgehabt, mit ihr nach London zu fahren. Ich wusste nicht, was ich davon halten sollte. Eins stand fest: Die Nachricht hatte meine Neugier geweckt, die durch die Probenroutine in letzter Zeit eingeschlafen war.

Sobald er ins Atelier kam, wies ich ihn auf seinen Fehler hin. Er holte sein Telefon raus, um mit sorgenvoll gerunzelter Stirn die Nachricht zu suchen. Er las sie durch, und sein zufriedenes Lächeln ließ mich vermuten, dass er erleichtert war.

»Émilie ist meine Schwester. Wir hatten vor, zusammen nach London zu fahren.«

Mein Blut stockte.

»Wann hatten Sie das beschlossen? Vor Silvester?«

Er antwortete nicht gleich. Man erfährt viel aus Kalendern, das Datum von Verabredungen, Pläne mit verschiedenen Optionen, die die Unentschlossenheit sichtbar machen, den

Hinterhalt, in den man dich lockt. Ich war entschlossen, ihm die Wahrheit aus der Nase zu ziehen. Er spürte wohl, dass er keine Wahl hatte.

»Ja.«

»Selbstmord im Dezember und London im März, war das der Plan?«

Er machte seinen Gleitschritt, dann sah er mich von unten an. Ich ließ ihn nicht weiterreden, das war mein Fehler. Ich war so wütend, dass ich loslegte, ohne abzuwarten.

»Hören Sie, Alexandre. Ihr Leben ist mir schnurz. Wo Sie wohnen, wen Sie treffen und woher Sie kommen. Eigentlich ist es mir schnurz. Aber es zu verbergen ist extrem unhöflich. Und das ist eine unerträgliche Situation, für Sie ebenso wie für mich. Ich finde, dass Sie Ihr Geheimnis ziemlich überstrapazieren. Wie alle haben Sie Eltern, wohnen irgendwo und haben eine Sozialversicherungsnummer. Hören Sie auf mit Ihrem Zirkus! Wissen Sie was, es ist ein Drama, um jeden Preis anders sein zu wollen. Ein lächerliches Drama. Sie irren sich im Szenario.«

Auch er wurde lauter. Er war nicht mehr der Mann mit Gnadenfrist, der Genesende, den ich bisher geschont hatte.

»Natürlich! Sie haben recht. An meinem Leben ist gar nichts Besonderes. Sie reden sich irgendwelche Geschichten ein, und jetzt werfen Sie es mir vor. Suchen Sie nicht, wo nichts zu finden ist.«

In diesem Spiel ist Alexandre Lanier sehr stark. Das habe ich inzwischen am eigenen Leib erfahren. Er unterstellte mir irgendwelche Phantasmen und obendrein ein Interesse an seiner Person, das er für ambivalent hielt. Darin war er mir überlegen. Aber was wollte er eigentlich andeuten? Dass ich Gefühle für ihn hegte, die die Grenzen unserer beruflichen Beziehung überschritten? Er hatte mich auch belauert. Er hatte beobachtet, überlegt und geurteilt, was ich ihm nicht zugetraut hatte. Er besaß also eine kalte Grausamkeit, vor der ich mich würde hüten müssen. Das war eine schlechte Nachricht, aber auch eine Erleichterung. Wenn er irgendwelche Spielchen mit mir spielen wollte, hatte er sich geirrt. Von mir würde es fortan weder Geschenke noch Nachsicht oder Geduld geben.

Eine Woche vor unserer Abreise nach Portugal ging ich mit Agnès shoppen. Auf der Bühne trage ich schwarz, um mit dem Hintergrund zu verschmelzen und Théodora allen Raum zu lassen. Aber ich brauchte neue Sachen für den Eröffnungsabend und das Diskussionspodium, das zum Abschluss des Festivals stattfinden würde. Agnès gibt sich gern als gestresste Frau, die nur wenig Zeit für mich abzwacken kann. Aber eigentlich liebt sie es, mich zu coachen und mit mir Ankleiden zu spielen, als wäre ich eine Schaufensterpuppe. Manchmal frage ich, wie meine Schwester wäre, wenn sie, zum selben Zeitpunkt gezeugt und geboren, ein Junge geworden wäre. Was für eine Beziehung hätten wir gehabt? Wie würde dieser Bruder heute sein? Wenn ich mir diese seltsamen Fragen stelle, stehe ich vor einer Wand. Die Vergangenheit ist eine Aufzählung von Zahlen und Fakten, wir machen daraus eine armselige Fiktion, die ständig gegen kalte Realitäten stößt. Deswegen interessiert sie mich nicht.

Es war ein ungemütlicher Tag. Der Wind, in der Stadt immer

unangenehm, peitschte uns ins Gesicht. Ich hatte sofort gemerkt, dass Agnès schlechter Laune war. Was ich vermutete, bestätigte sich bald: Sie hatte am Morgen mit unserer Mutter telefoniert, und ihr Gespräch war wie immer sehr turbulent gewesen. Die beiden haben eine symbiotische Beziehung, obwohl sie dreihundert Kilometer voneinander entfernt wohnen. Dieser Abstand sorgt für ständige Spannung, weil sie keinerlei direkte Macht über das Leben der anderen haben. Agnès steht immer noch mit einem Fuß in der Kindheit und ist sauer, dass ich mich innerlich längst davongemacht habe. Ich glaube, sie findet meine Ablehnung unmoralisch, weil die Vergangenheit für sie eine Verpflichtung ist.

Da das Wetter zu eklig war, um draußen zu bleiben, brachten wir uns in einem Kaufhaus in Sicherheit, wo wir etwas zum Anziehen für mich in Lissabon und bei der Gelegenheit auch gleich meine Ausstattung für die wärmere Jahreszeit fanden. Agnès hat nie Zeit, aber am Ende ist sie immer bereit, sie mit mir zu vergeuden. Leider endet es jedes zweite Mal schlecht. Dieser Tag war keine Ausnahme. Kaum saßen wir an unserem Tisch in einem Café in Saint-Germain, eröffnete sie das Feuer.

»Véga mag deinen neuen Schauspieler überhaupt nicht.«

»Was hat sie dir erzählt?«

»Sie findet ihn widerlich. Das ist das Wort, das sie benutzt hat. Widerlich. Wo hast du ihn aufgetrieben?«

Ich hatte keine Lust, ihr die ganze Geschichte zu erzählen, und log, um meinen Frieden zu haben. Das ist mit Agnès fast immer so. Ich lüge, um meinen Frieden zu haben, denn sie ist in ständigem Krieg gegen alles und jeden. Dann fragte sie mich, ob ich mit unserer Mutter gesprochen hätte. Noch so ein endloser Krieg gegen meine Untätigkeit und Gleichgültigkeit.

Mit wenigen Variationen wiederholten wir das Gespräch, das wir seit zwanzig Jahren führen.

»Die Vergangenheit ist da, Lucie. Wir haben eine Vergangenheit, ob du willst oder nicht.«

»Ich bin nicht nostalgisch. Ich kann auch nichts dafür. Das ist, wie wenn ich dir sage, dass mich Katzen gleichgültig lassen oder ich nicht gern Zug fahre.«

»Ich bin auch nicht nostalgisch. Das ist unmöglich nach dem, was wir erlebt haben. Aber die Vergangenheit setzt mir zu. Nicht nur meine. Weißt du, ich denke zum Beispiel jeden Tag an die Unbekannten, die vor mir in unserem Haus gewohnt haben, seit es gebaut wurde. Ich denke an die Familien, die einander darin abgelöst haben.«

»Ich habe überhaupt kein Problem mit der Vergangenheit der anderen, vor allem, wenn ich sie erfinden kann. Bei unserer ist das leider nicht so.«

Agnès drehte den Kopf zum Fenster und folgte dem Ballett der Passanten. Agnès ist schnell eingeschnappt. Ich wartete, dass es verging, und sie war wie immer schnell wieder versöhnt.

»Die Männer sehen immer weniger gut aus als die Frauen«, sagte sie, während sie weiter die Passanten beobachtete. »Und sie interessieren mich immer weniger.«

Das ist die Agnès, die ich liebe und die mich inspiriert. Ich liebe es, wenn ihre Sätze knallen und sie meine große Schwester wird, die als Erste blankzieht. Sie machte munter weiter und verkündete, sie finde die Männer stumm, übervorsichtig und halbtot.

»Manchmal habe ich das Gefühl, sie stecken alle mitten in der Menopause. Rotgesichtig und in ihr Alter eingeschnürt. Ab fünfundvierzig langweilen sich die Männer. Die Frauen nicht.«

Am Ende sprachen wir von meinen Kindern. Sie berichtet mir immer haarklein, was sie machen, wenn sie bei ihr sind.

»Dein Sohn fängt an, sich für Mädchen zu interessieren. Neulich hat ihm Antoine erklärt, wer Newton war, und Louis hat ihn gefragt, warum er es nie schafft, den Hintern der Mädchen unter ihren Miniröcken zu sehen, wenn er im Schulhaus hinter ihnen die Treppe hochgeht.«

Agnès streckte sich mit geschlossenen Augen, als wollte sie ihren erschöpften Körper zur Ordnung rufen.

»Weißt du, Lucie, was mich wirklich traurig macht, ist, dass die Zeit vergeht. Sie vergeht, und wir verlieren allmählich die Verbindung zu denen, die uns vorangegangen sind. Unweigerlich versinken unsere Familien im Vergessen. Eines Tages stößt man auf alte Fotos und stellt fest, dass man zu den Gesichtern keine Namen mehr weiß. In einer Umgebung, die man nicht wiedererkennt, sind die Szenen unergründlich geworden. Es ist traurig, sich zu sagen, dass sich Papa für nichts und wieder nichts umgebracht hat. Deine Kinder wissen, was geschehen ist. Deine Enkel werden es vielleicht wissen, dann ist es vorbei. Es ist schade, dass du nicht darüber schreibst. Dass du in deinen Stücken nicht darüber sprichst.«

Deswegen bin ich unmoralisch.

8

Was hätten mir die Linien des I Ging verraten, wenn ich am Silvesterabend mitgespielt hätte? Hätte ich durch die Verschwommenheit der üblichen Vorhersagen gesehen, von wo und wie die Katastrophe über mich hereinbrechen würde?

Philippe hat einen gefährlichen Beruf. Obwohl er in letzter Zeit ruhiger geworden ist, bin ich sicher, dass er seine Extravaganz am Ende teuer bezahlen wird. Er macht seinen Beruf noch gefährlicher, indem er alle Risiken eingeht, die ihn zu dem Händler machen, um den man sich prügelt. Kein Weg ist ihm zu weit, um den Stein zu bekommen, den alle Juweliere begehren, und nichts hält ihn auf, wenn er am Ende der Welt einen auf dem offiziellen Markt noch unbekannten Minenbetreiber aufstöbern will, weil man sich erzählt, er habe eine Goldader entdeckt. Er schert sich nicht um Territorien, Grenzen und Politik. Diamanten in den Hosentaschen herumzuschleppen, wie er es manchmal macht, ist der Wahnsinn des Abenteurers. Er behauptet, er habe das Glück, in einer Welt leben zu können, die aus der Zeit gefallen sei, und in der es noch Schätze und Orte zu entdecken gebe. Okay, aber diese Welt ist auch aus den Regeln, Gesetzen und Schutzmaßnahmen gefallen.

Philippe war seit einer Woche in Bangkok und hatte sich keinmal gemeldet. Das passiert oft, wenn er reist. Manchmal funktioniert das Telefon nicht, ist die Zeitverschiebung zu groß oder hat er einfach keine Zeit. Meistens mache ich mir keine Sorgen. Ich bombardiere ihn auch nicht mit ungeduldigen Nachrichten, weil ich lieber nicht wissen will, was er macht. Seit Volubilis haben sich meine Phantasien verändert. Jetzt wähne ich ihn nicht mehr in Gefahr. Ich erahne hinter seinem Schweigen weibliche Gestalten, anrüchige Bordelle im Neonlicht, zufällige Begegnungen in Hotelbars, eine mögliche Trennung nach seiner Rückkehr. Deswegen habe ich fast von einem Tag auf den anderen aufgehört, ihn überall in der Welt zu suchen. Diesmal aber erstaunte mich sein Schweigen. Noch nie hatte Philippe vergessen, mir am Abend einer Premiere Glück zu wünschen.

Alexandre hatte seinen Flug im selben Flugzeug gebucht wie wir. Er saß drei Reihen vor mir am Fenster und rührte sich während des gesamten Flugs nach Lissabon nicht von seinem Platz. Nach unserer Diskussion über die SMS hatten wir unsere Gespräche auf ein Minimum beschränkt, was mir sehr recht war. Nur Paul und Clara hatten darunter gelitten. Als Zeugen der Verschlechterung unserer Beziehung mussten sie bis zu unserer Abreise die vergiftete Atmosphäre ertragen. Meistens sind unsere Reisen fröhlich und voller Energie. Im Flugzeug war der Kontrast umso quälender, als die anderen Marionettenspieler, die mit uns reisten, viel redeten und vor lauter Vorfreude auf das neue Festival ganz aus dem Häuschen waren. Und wie immer nutzte Annetta die Gelegenheit und ging durch den Mittelgang, um hier und da Neuigkeiten aufzuschnappen. Sobald wir den Fuß auf eine Landebahn oder einen Bahnsteig setzen, wird Annetta zur typisch italienischen Mamma. Sie verständigt sich in allen Sprachen und holt aus ihrer riesigen Handtasche im richtigen Moment das richtige Zauberwort. Bei der Ankunft erwarteten uns zwei Taxis.

Ich bin nicht nostalgisch, aber ich bin auch nicht undankbar. Lissabon nimmt einen besonderen Platz in meinem Herzen ein. Ich bin viel gereist, aber nirgends sonst hatte ich solche Lust, einfach zu bleiben. Ich war oft dort, bevor ich Philippe kennengelernt habe, und ein Teil meiner Jugend ist dort geblieben. Ich hatte die Stadt seit zwanzig Jahren nicht mehr gesehen und trat ihr entgegen wie einer Jugendliebe, die man aus den Augen verloren hat.

Nachdem wir unser Gepäck im Hotel abgestellt, geduscht und uns umgezogen hatten, stopfte uns Annetta erneut in Taxis und brachte uns in das Theater, in dem mein Stück zur Eröffnung des Festivals gezeigt werden sollte. Anders als viele Kollegen, die bei ihren Stücken mit Spezialeffekten, Schauspielern und diversen Requisiten arbeiten, habe ich das Prinzip, überall und mit einem kleinen Team auftreten zu können. Wir sind Gaukler, das gehört zu unserer Geschichte, und ich könnte meine Stücke, wenn es sein müsste, morgen in einem improvisierten Zelt, auf der Straße oder in einem italienischen Theater aufführen. Ich pfeife auf technische Wunder und Spielereien. Für mich liegt die Leistung woanders. In der Einfachheit, der Leichtigkeit, dem Schweigen und der geheimnisvollen Begegnung der Marionette mit ihrem Publikum.

Bei unserer Bühnenprobe waren also nur ein paar letzte Justierungen nötig. Ich bereitete Théodora vor, Clara und Paul beschäftigten sich mit ihrer Technik. Alexandre lief auf der Bühne herum und las seinen Text, Gleitschritte, konzentrierte Miene, mit sich selbst im Reinen. Er hatte nichts mehr von dem Hamster, der wie wild in seinem Käfig das Rad dreht, es dreht, um zu drehen. Heute sage ich mir, dass ich vielleicht mit ihm hätte reden sollen. Ihn trotz seiner scheinbaren Gelassenheit beruhigen.

Nach der Probe verschwanden Alexandre und ich in unseren Garderoben, um uns vorzubereiten. Während ich mich schminkte, ging ich in Gedanken die Bewegungen durch, mit denen ich Théodora zum Leben erwecken würde. Wie ein Skiläufer, der vor dem Rennen die Strecke visualisiert. Wenn der Vorhang hochging, würde ich mit meiner auf der Chaiselongue liegenden Marionette auf der Bühne allein sein. Während zwei oder drei Minuten absoluter Stille würde man ihrem Erwachen beiwohnen, ihrer Überraschung, nach einer Siesta in ihrem Garten nun da, vor dem Publikum zu sein. Dann würde Alexandre die Bühne betreten und sich auf einen Stuhl rechts von mir setzen, etwas im Hintergrund. Ich hatte Annetta beauftragt, ihm bis zu seinem Auftritt nicht von der Seite zu weichen. Philippe hatte immer noch nicht angerufen, um zu sagen »Ich denk an dich«.

Während ich mich zum letzten Mal kämmte, betrachtete

ich mich im Spiegel der Garderobe. Ich bin eine Frau ohne Charme, schwer und fad. Ich erinnere mich, dass ich dachte, ich würde wohl kaum ins Gewicht fallen, wenn Philippe eines Tages eine ernstere Bekanntschaft machen sollte. Anders als Agnès meint, sehen die Männer manchmal besser aus als die Frauen, wir beide sind der Beweis. Philippe ist ein schöner Mann, elegant und mit Klasse. Wenn wir die Straße entlanglaufen, sehe ich oft das Staunen in den Blicken, die von ihm zu mir, von mir zu ihm gehen. Wir passen so wenig zueinander, dass die Leute sich fragen, welches Geheimnis hinter dieser gewagten Zusammenstellung steckt. Manche denken bestimmt, »er bleibt wegen der Kinder«. Vielleicht haben sie recht. Ich habe meine Kinder nicht bekommen, um meinen Mann am Gängelband zu halten, aber ich muss zugeben, dass sie meine Kaution sind, damit er von jeder Reise zurückkehrt. Während ich mein Bild im Spiegel betrachtete, war ich mir dessen plötzlich nicht mehr so sicher.

Ich hatte also wenige Minuten bevor ich die Bühne betrat finstere Gedanken. Ich war Philippe böse, dass er mir ausgerechnet an jenem Abend solche katastrophalen Erwägungen aufzwang, bevor ich mich den Journalisten, den Fernsehkameras und den anderen Puppenspielern stellen musste, die in den folgenden Tagen auftreten würden. Ich hatte den Höhepunkt meiner Laufbahn erreicht, an dem alles leicht, aber auch leicht zu zerstören ist. Den besonderen Moment, wenn man uns ebenso liebt, wie man uns verabscheut, und unser Anspruch anfängt einen Schatten auf die folgende Generation zu werfen, die uns ebenso bewundert, wie sie von unserem Abgang träumt.

Théodora schlief ausgestreckt auf der Chaiselongue. Hinter dem Vorhang wurde hier und da gehustet. Ich war bereit. Ich bestand nur noch aus Expertenhänden mit unfehlbarer Erinnerung. Mein Text war in meinen Fingern, und ich kannte ihn auswendig. Ich liebe diesen Augenblick der Allmacht, dieses einzigartige Gefühl, ein oder zwei Stunden Vorsprung vor der ganzen Welt zu haben. Der Vorhang ging hoch. Ohne in den Saal zu sehen, spürte ich, dass er voll war. Théodora erwachte und rekelte sich, allein auf der Welt, in einer wunderbaren Stille. Alexandre sollte in der Sekunde die Bühne betreten, in der Théodora aufstand und dem Publikum entgegentrat. Aber an diesem finsteren Märzabend betrat Alexandre Lanier die Bühne nicht. Einen Augenblick lang, einen endlosen Augenblick, denn die Zeit dehnt sich oder rast, je nach unserer Verfassung, wartete ich auf ihn, Théodora angespannt an meinen Fingerspitzen. Dann spürte ich, dass ich in einem Albtraum versank, einem dieser schlechten Träume, in denen unser Grauen so groß ist, dass unsere Füße in Zement gegossen scheinen und unsere Hilferufe unhörbar werden. Ich kann mir bis heute nicht recht erklären, was ich danach getan habe. Monatelang fragte ich mich jeden Tag, mehrmals jeden Tag, warum ich so reagiert habe. Ich hätte ohne meinen Erzähler fortfahren können. Ich hatte genug Erfahrung, um eine Stunde zu improvisieren, Szenen aus Stücken aneinanderzureihen, die ich Dutzende Mal gespielt hatte. Warum war ich an jenem Abend außerstande? Warum bin ich, gewöhnlich meiner selbst und meiner Kunst so sicher, in einem Augenblick auf meinem Podest so ins Wanken geraten? War es mein Hass auf Alexandre Lanier, der mich in eine Granitstatue verwandelt hatte? Dass die Waage sich zur anderen Seite geneigt hatte, um meinen Verächtern zu dienen, denen, die meinen Platz wollten, um die Karten neu zu mischen?

Zittern ist für den Marionettenspieler der absolute Horror. An meinen Fingerspitzen begann Théodora vor Kälte zu schlottern. Ich sah sie an, ohnmächtig und unfähig, ihr zu helfen oder sie zu wärmen. Wir waren Fremde füreinander geworden. Ihre Bewegungen und ihre Gedanken entglitten mir. Die Stille im Saal wirkte auf mich wie ein großer Brunnen, in den ich hinabtauchte wie Alice, die in ihr dunkles Loch fällt. Eine Schau zu präsentieren heißt nicht, sich selbst zur Schau zu stellen. Man muss es erlebt haben, um zu wissen, dass auf einer Bühne jeder von uns einem bestimmten Protokoll, einer strengen Regel folgt, ohne die wir so verloren sind wie ein verlassenes Kind in einer Menschenmenge. Sich zur Schau stellen ist das, was wir am meisten fürchten, denn das ist unser Ende. Um also da rauszukommen, denn ich musste dem unbedingt ein Ende setzen, habe ich mir das Leben genommen, wie die Samurai, die sich früher öffentlich umbrachten. Ich tat es, indem ich mein Double tötete, meine Puppe, die Liebe meines Lebens, Théodora. Ich sah, wie sie sich langsam aufrichtete, das Publikum musterte, wobei ihr leeres Gesicht von rechts nach links, von links nach rechts ging. Dann drehte sie den Kopf und hob ihren langen, blassen Arm. Die Langsamkeit ihrer Bewegungen offenbarte ihre äußerste Erschöpfung. Sie legte eine Hand um die Fäden und imitierte mit zwei Fingern eine Schere. Théodora gab mir zu verstehen, dass sie sterben wollte, und ich musste ihr dabei helfen. Also tat ich, was ein Marionettenspieler niemals tun darf. Ich überließ mein Geschöpf der Schwerkraft. Weich und verrenkt sank sie allmählich zusammen, ihre schlotternden Beine waren außerstande, dem Boden standzuhalten. Ihr Kopf senkte sich, bis er herabhing, reglos auf ihrer Schulter lag, ihre toten Arme baumelten an ihrem Körper herunter wie bei einem Gehenkten. Der Vorhang schloss sich, wie ich später erfahren habe, auf Anweisung von Annetta, die außer sich war angesichts dessen, was auf der Bühne geschah.

Manche werden nach einer Katastrophe krank, andere gehen vor Gericht und wieder andere beschließen, ihr Leben zu ändern. Und dann gibt es die, zu denen ich gehöre, die einen gewaltigen Kriegsschrei ausstoßen und mit einem Messer in der Hand aus dem Theater rennen. Ich hatte kein Messer, aber meine Hände wurden in der portugiesischen Nacht zu denen eines Mörders. Clara und Annetta waren mir dicht auf den Fersen, als ich die kleine Straße neben dem Theater hinunterrannte. Sie waren besser in Form als ich und hatten keine Mühe, mich einzuholen und festzuhalten.

Clara, mit verzerrtem Mund und irrem Blick, war bleich vor Wut. Sie, die sonst so sanft, auch so respektvoll ist, brüllte mir ihren Frust ins Gesicht.

»Das ist alles deine Schuld! Dieser Kerl ist verrückt, Lucie, und du hast ihn machen lassen! Du hast uns in diese Geschichte reingezogen, ohne dich um unsere Meinung zu scheren! Du hast ihn uns aufgedrängt, obwohl wir ihn nicht wollten! Hast du echt nichts gemerkt? Hast du nicht gesehen, dass er dich verarscht? Hast du nicht an seinem Grinsen gesehen, wie er dich verachtet? Drei Monate lang haben wir versucht, es dir begreiflich zu machen! Jeden Tag! Du wolltest nichts sehen. Du wolltest nicht zugeben, dass du dein Leben in die Hände eines Aals gelegt hast, der dir bei der ersten Gelegenheit entschlüpfen würde. Du bist so bescheuert! So bescheuert!«

Clara wandte sich ab. Ich war fassungslos. Ich hatte mit beruhigenden Worten, mit Anteilnahme gerechnet, und sie machte mich fertig. Annetta mischte sich ein. Etwas ruhiger zwar, aber auch sie bestätigte, dass ich jemandem, der aus allem ein Geheimnis macht, hätte misstrauen müssen. Dass man sich nicht auf so ein Abenteuer einlasse, ohne seiner Mitspieler sicher zu sein. Ich fragte sie, was sich hinter der Bühne mit Alexandre abgespielt habe.

»Ich bin nicht von seiner Seite gewichen, ich schwöre es dir. Ich habe mich nur umgedreht, um dem Inspizienten die Hand zu drücken. Wir haben keine drei Worte gewechselt, und Alexandre war verschwunden. Ich habe ihn überall gesucht. Das Mädchen an der Kasse hat mir gesagt, sie habe einen Mann in marineblauem Mantel rausrennen sehen. Ich bin auf die Straße gestürzt, aber ich habe ihn nicht gefunden. Was machen wir jetzt?«

»Ich will nicht, dass mich jemand sieht. Ich will auch verschwinden.«

Clara drehte sich um, beide sahen mich verblüfft an. Ich bin eigentlich jemand, der zu sich steht, egal unter welchen Umständen. Wir haben zusammen schwierige Momente erlebt, und sie konnten sich immer auf mich verlassen. An jenem Abend hieß es zum ersten Mal: Rette sich, wer kann, und weiter nichts.

»Wir sagen alles ab und fliegen nach Paris zurück. Annetta, du findest schon eine Erklärung. Ich will nicht, dass du die Wahrheit sagst. Die wir sowieso nicht kennen. Sag, dass mein Erzähler einen Schwächeanfall hatte. Ich will nicht an den Podiumsgesprächen teilnehmen, ich will nicht hierbleiben. Erzähl irgendwas. Dass ich aus persönlichen Gründen nach Hause musste.«

»Aus persönlichen Gründen!«, wiederholte Annetta wütend.

»Ich habe seit einer Woche nichts von Philippe gehört. Das ist doch ein persönlicher Grund. Macht, was ihr wollt, ich gehe ins Hotel.«

Die Frau an der Rezeption guckte in ihren Computer und teilte mir mit, Alexandre habe eine halbe Stunde zuvor sein Zimmer verlassen und seine Rechnung bezahlt. Im Fahrstuhlspiegel begegnete ich meinem Gesicht. Es war das einer alten Frau in Witwengewand. Auf meinem Telefon war eine SMS von Philippe, der mir einen »großartigen Erfolg« und seine Rückkehr ankündigte.

In dieser Nacht rechnete ich ab. Ich verzichtete für den Moment darauf zu begreifen, warum ich Théodora getötet hatte, und listete auf, was ich von Alexandre Lanier wusste. Nicht viel, aber genug, um ihn bis ans Ende der Welt zu verfolgen, wenn es sein musste. Ich schickte Philippe eine Nachricht. Ohne ihm etwas von der Katastrophe zu sagen, teilte ich ihm mit, dass ich am nächsten Tag zurückkommen und direkt aufs Land fahren würde. Dann rief ich Agnès an, damit sie sich länger als geplant um die Kinder kümmerte. Ohne Théodora war ich keine Marionettenspielerin mehr, ohne meinen Mann war ich keine Frau mehr, ohne meine Kinder war ich keine Mutter mehr. Ich schaltete mein Telefon aus. Ohne Telefon war ich niemand mehr. Ich hatte nichts von Lissabon gesehen, aber ich war in kürzester Zeit zu einer Kriegsmaschine geworden, die sich auf ein einziges Ziel richtete, auf Alexandre Lanier.

9

Robert Morinière ist mein Sandkastenfreund. Philippe sagt, er ist der Bruder, den ich nicht hatte. Ich glaube, er irrt sich. Mit einem Bruder streitet man sich um die Eltern, die man für sich haben will, prügelt man sich um Spielsachen, misst man sich aneinander, vergleicht man seine Leistungen. Zwischen Robert und mir gab es nie Streit, Krisen oder Eifersucht. Es ist eine perfekte Freundschaft, die mit der Zeit immer perfekter wird. Während ich weggegangen bin, ist er in unserem Dorf geblieben. Er hat das Haus gefunden, das ich gekauft habe. Wir telefonieren fast nie, wenn ich in Paris bin. Unsere Freundschaft ist tief, aber zyklisch. Manchmal vergehen Monate, ohne dass wir uns sehen, und so wird es unser ganzes Leben sein. Nur in diesem Sinne sind wir vielleicht wie Geschwister. Unsere Beziehung ist unzerstörbar. Wir haben beide einen sehr starken Charakter. Meiner ist eher unter der Oberfläche, seiner sehr lautstark. Bobby, wie man ihn im Dorf nennt, gehört zu den an der frischen Luft gereiften Menschen, die man nur in kleinen Provinznestern findet. Robert ist Kunsttischler. Er wäre gern Maler geworden, aber da man diesen Beruf nicht einfach ergreifen kann, ist er dem Weg seines Vaters gefolgt, während er weiter darauf wartet, Picasso zu werden. Er hat seine Werke vergeblich hundert Galerien angeboten. Niemand in seiner Umgebung hat je eins seiner Gemälde gesehen, aber alle glauben an ihn. Wenn er berühmt ist, wird seine Anerkennung auch all jenen gelten, die ihn seit zwanzig Jahren unterstützen.

Robert ist ein strahlender Mensch. Er hat nichts von einem einsamen Künstler, der sich einschließt und verbittert an seinen Niederlagen knabbert. Ein schmucker Kerl, groß, athletisch, aufrechte Haltung und langes Haar. Er ist nie gekleidet, eher bedeckt, denn er pfeift auf sein Aussehen. Sein dunkler Blick suggeriert ebenso die Möglichkeit einer Prügelei, aus der er als Sieger hervorgehen würde, wie die Verheißung inniger Liebesspiele. Die Frauen lieben Robert Morinière, aber keine hat es je geschafft, Wurzeln zu schlagen. Er ist ein Frauenheld, aber ein Held ohne Frau. Er sagt, sehr zu Recht, jeder Künstler habe einen angeborenen Freiheitsdrang. Wir hatten was miteinander, als wir an der Oberschule waren. Ein Reinfall, über den wir nicht mehr reden. Dann hat er sich in meine Schwester verliebt. Das ist eine andere Geschichte.

Robert ist mit Leib und Seele Künstler. Auch wenn er als Maler vielleicht scheitert, ist er seinem Talent nicht entkommen. Fast gegen seinen Willen ist er der beste Kunsttischler der Region geworden. Er ist der Mann, der Théodora geschaffen hat. Dafür werde ich ihm bis zum letzten

Atemzug dankbar sein. Théodora kam 2001 zur Welt, nach monatelanger Schwangerschaft, die wir zusammen, mit dem Notizheft in der Hand, damit verbracht haben, Hölzer zu testen und Prototypen zu zeichnen. Das technische Wunder ruft Neider auf den Plan, zwei-, dreimal im Jahr wendet sich jemand an ihn, damit er für ihn arbeitet. Er jagt alle freundlich zum Teufel. Er glaubt, dass wir es geschafft haben, weil unsere persönlichen Geschichten so eng verbunden sind. Aus dem Vertrag mit einem Unbekannten würde seiner Meinung nach nichts herauskommen. Robert ist ein Gefühlsmensch, und Théodora ist das Kind, das wir miteinander haben.

Wenn ich nach Hause in mein Dorf komme, habe ich immer das Gefühl, historischen Gesichtern zu begegnen, die der Globalisierung der Züge widerstehen. Ich finde mich in ihnen wieder und lebe auf. Roberts Atelier ist dreihundert Meter von meinem Haus entfernt, aber zumindest an meinem Ankunftstag muss ich eine gute Stunde einplanen, um bis zu ihm zu kommen. Ich wechsle mit allen, die ich treffe, ein paar Worte und begrüße die Händler. Was wir in der Stadt mit einer Spur Herablassung Rituale nennen, wird in den Dörfern als Mindestmaß an Höflichkeit wahrgenommen, denn hier ist jeder wirklich wichtig.

Robert ging mit mir ins Bistro auf dem Dorfplatz. Es war schön, und wir waren allein auf der Terrasse. In der Luft lag eine frühlingshafte Zärtlichkeit. Wir kamen sofort zum Wesentlichen. Das Wesentliche sind wir. Er erkundigt sich nie nach Philippe, den Kindern oder wenigstens Agnès. Von den anderen reden wir, wenn alles gesagt ist. Er hatte sofort gesehen, dass ich nicht in Form war. Die portugiesische Prüfung hatte diverse Nebeneffekte. Einer davon beunruhigte mich besonders. Ich fing wieder an zu stottern. Zum ersten Mal seit dreißig Jahren spürte ich, dass die Worte Mühe hatten herauszukommen. Ich stotterte leicht, aber genug, dass ich mir Sorgen machte.

Wie ein Haufen anderer Dinge im Leben ist das Stottern das Ergebnis einer fundamentalen Angst. Man stockt einmal, zweimal, und schon ist die Angst da, wieder zu stocken. Dann erledigt die Angst davor, Angst zu haben, den Rest, damit sich der Teufelskreis schließt. Robert, der mich beinahe stumm gekannt hat, spürte die Gefahr sofort. Als wir Kinder waren, hatten meine Eltern ihn gebrieft, nun kehrte der Reflex zurück, mich zu unterbrechen, sobald ich ins Stocken geriet. Diese Technik hatte mich damals geheilt, denn sie beruht auf der genialen Idee, dass die anderen, wenn sie unsere Sätze beenden, nie genau das sagen, was wir eigentlich sagen wollten. Dann verschwindet das Stottern, weil man aus Ärger über das Missverständnis nur noch daran denkt, die Wahrheit zu verkünden, ohne sich darum zu sorgen, sie korrekt auszusprechen. Gerade für Leute, die es nicht ertragen, dass man an ihrer Stelle denkt, ist dieses Verfahren brutal. Das trifft auf mich zu. Obwohl mich Robert gut kennt und manchmal meine Gedanken lesen kann, konnte er sich nicht vorstellen, was mir in Lissabon zugestoßen war. Er musste mich also reden lassen und sah ohnmächtig zu, wie ich meine Kieselsteine ausspuckte. Er hatte jenen Schleier über der Iris und das gleiche schmerzliche Zucken, das ich während meiner ganzen Jugend bei den anderen hatte ertragen müssen.

Ich erzählte ihm alles. Lissabon, Théodoras Tod, Alexandres Verrat und den Satz meines Vaters, den ich zum zweiten Mal gehört hatte. Ich erklärte ihm meine Entschlossenheit, meinen Erzähler um jeden Preis wiederzufinden. Ich machte ihm begreiflich, dass der Ausdruck »nach jemandem verrückt sein« seit Alexandres Verschwinden im Wortsinn zutraf. Mir konnte nichts Gutes mehr zustoßen, bevor ich ihn nicht wiedergefunden hätte. Robert redet immer Klartext mit mir. Mein Plan missfiel ihm aufs äußerste, das ließ er mich sogleich wissen. Von seiner im Buddhismus verbrachten Jugend hat er ein paar Grundsätze bewahrt, die er weiter vertritt und die ihn, wie er sagt, retten. Seiner Meinung nach müssen wir das, was uns zustößt, mit Phlegma und einer ständigen Sorge um »Nichtverhaftung« akzeptieren, das ist sein Mantra. Er macht allerdings ständig das Gegenteil, denn er ist jemand, der ohne Rücksicht Brücken abbricht. Trotzdem versucht er sich davon zu überzeugen und auch die anderen. An jenem Tag ging es daneben, und ich wurde schnell wütend.

»Ich will, dass du mir hilfst, Robert. Erst mal, Théodora zu ersetzen. Ich brauche eine neue Marionette, ein Geschöpf ohne Geschichte, nagelneu. Und außerdem musst du mir helfen, dieses Arschloch wiederzufinden.«

Mit der Marionette war Robert einverstanden, aber er sah nicht, wie er mir helfen könnte, Alexandre aufzustöbern. Ich wusste es auch nicht. Ich brauchte einfach das Gefühl, dass ich nicht allein sein würde, um meinem Feind entgegenzutreten. Wir schwiegen eine ganze Weile.

»Sag mir genau, was du willst, und ich mache es«, sagte er,

bevor wir uns trennten, ohne zu erklären, ob er Alexandre, eine neue Marionette oder beides meinte.

Philippe und ich haben das Haus vor zehn Jahren in wenigen Tagen gekauft, ohne lange nachzudenken. Das war drei Monate nach dem Geständnis von Volubilis. Ohne es auszusprechen, verspürten wir beide das dringende Bedürfnis, uns noch etwas stärker aneinander zu binden, indem wir uns eine zusätzliche Fessel anlegten. Ich habe es nie bereut, aber ich brauchte eine ganze Weile, um mir den Ort zu eigen zu machen. Mein Pariser Leben hatte mich zu einer verwöhnten Fremden gemacht, einer Prinzessin auf der Erbse, versunken in Luxus und einer künstlichen Welt. Ich bin lange durch mein neues Haus geirrt, bis ich dort Wurzeln geschlagen habe. Hier ein dunkles Zimmer, da ein perlmuttschimmernder Teppich, der hartnäckige Geruch der Vorbesitzer, überall Widerstände, Sturheit, tote Ecken. Der Körper steckt ein, und der Geist muss ständig Anpassungen vornehmen. Heute fühle ich mich dort wohl. Philippe ist zu beschäftigt, um mit mir hinzufahren, die Kinder langweilen sich, und Agnès muss einen Sicherheitsabstand zwischen sich und Robert bewahren. Also bin ich meistens allein dort, um zu arbeiten. Oder, wie nun zum ersten Mal, um mich zu verstecken.

Nachdem ich das Haus gekauft hatte, musste ich mich bald mit der Natur auseinandersetzen. Sie sprang mir förmlich entgegen. Von weitem denkt man, sie sei in Gefahr, was sie auch ist, aber man vergisst, wie sehr sie kämpft. Wir zerstören sie, aber sie wird uns ganz sicher überleben. Auf jeden Fall werden wir als Erste verschwinden. Sie kämpft verbissen gegen die Ordnung, die wir ihr aufzwingen. Willen gegen Willen. Sie hat ihr System und verteidigt ihren Raum. Ein Stück hinter den Mülleimer gefallenes Fleisch, und in wenigen Stunden hat man einen Ameisenhaufen in der Küche. Die Wespen bauen unter dem Dach ihr Nest, eine Minigesellschaft von Eidechsen geht in den Johanniskrautbüschen ihren Geschäften nach, die Mäuse spazieren durch die Wände. Die Tiere graben ihre Löcher in die Erde, faszinierende Behausung einer Bevölkerung, die man nie zu Gesicht bekommt. Unsichtbarkeit neben üppigem Wuchs. Robert denkt, dass uns unser Komfort oder die Vorstellung, die wir uns davon machen, unsere morbide Neigung zu klaren Bildern, durchgeplanter Zeit, weißen Zimmern und Gesundheit, die sich vor Fäulnis fürchtet, in eine höllische Flucht nach vorn treibt. Er sagt, dass wir versuchen müssen zu akzeptieren, dass der Froschkönig von unserem Teller isst. Er ist auch überzeugt, dass wir einen von vornherein verlorenen Krieg um Territorien führen, weil die Natur stärker ist als wir. Dass sie ihren Platz wieder einnehmen wird, wenn die Mauern verschwunden sind, und dass die brachliegenden Gärten zu denen zurückkehren werden, die man daraus verjagt hat. Sobald wir ein Territorium verlassen, schließen Bäume und Tiere einen neuen Pachtvertrag. Die Natur ist geduldig. Sie kennt weder Entmutigung noch Langeweile. Sie hat kein Alter, und ihr einziger Plan ist, sich ewig fortzusetzen. Dort, in meinem Haus, habe ich mich an die Existenz der Tiere erinnert. Dort habe ich meine Ode an die Natur und ihre gefährdeten Bewohner geschrieben. Ich hatte vorgehabt, mein Geschöpf, ein aus dem menschlichen

Geist geborenes technisches Wunderwerk, mit der Natur zu konfrontieren, aus der es entstanden ist. Ohne Fäden ist Théodora das polierte Holz einer Linde, die in einem Garten gewachsen ist.

Robert ist überzeugt, dass ich Paris irgendwann verlassen und mich hier niederlassen werde. Warum nicht? Vielleicht ende ich an den Efeu gekettet, der an der Fassade rankt, die Finger gekrümmt und geschwollen wie Topinamburwurzeln, die Haut mit Moos bedeckt. Vorläufig lebe ich zwischen den Stühlen, und das ist mir recht.

Drei Tage lang irrte ich ziellos umher und schlief. Das, was ich nur noch die Katastrophe von Lissabon nannte, hatte mich vernichtet. Zwanzig-, dreißigmal am Tag trat mir die Erinnerung an die Bühne und an meinen Abgang wie ein blendender Blitz vor Augen. Robert kam jeden Morgen vorbei und ließ mich trotz meines Stotterns über meine Obsession sprechen. Ich versuchte ihm zu erklären, was ich empfand.

»Das ist wie eine dicke Spinne, die ich an der Wand meines Schlafzimmers sehe, wenn ich ins Bett gehe. Am nächsten Morgen sitzt sie reglos hinter dem Vorhang. Was hat sie gemacht, während ich geschlafen habe? Ist sie unter meine Decke geschlüpft? Ist sie über meinen Körper spaziert?«

Diese Spinne, die niemals schlief, war mein Hass, ich glaube, Robert hat es begriffen.

Unter drei Decken vergraben fand ich allmählich meine Ruhe wieder und zähmte meine Obsession. Ich habe einen ausgeprägten Ordnungssinn. Meine Phantasie hat mich vielleicht gerettet, aber die Disziplin war mein Tutor. Disziplin ist etwas Wunderbares. Man kann es nicht oft genug sagen. Sie ist der rote Faden, der dem Willen Methode gibt. Sie ist unverzichtbar für den Künstler, der angesichts des ständig drohenden Chaos den Rahmen, in den er sich presst, immerzu neu erfinden muss. Man kann sich gar nicht vorstellen, wie sich die Inspiration im Zwang entfaltet. Wenn ich zu Philippe sage, dass mein Gefühl für Disziplin dem manischen Ordnungssinn der Hausfrau gleicht, lacht er mich aus. Kurz und gut, ich musste mich bemühen, in meinem aufgeräumten Haus Platz für Alexandre Lanier zu schaffen. Ich musste ihn neutralisieren, indem ich ihn da ablegte, wo er nicht ins Auge stach, sondern endgültig in der Kulisse verschwand. Die im Bernstein eines harmlosen Schmuckstücks versteinerte Spinne.

Also ging ich methodisch an das Problem heran. Sein Telefon war ausgeschaltet, aber ich hatte noch mehr Trümpfe im Ärmel. Im Internet hatte ich zwei Alexandre Lanier gefunden. Der eine war auf LinkedIn und verkaufte in Straßburg deutsche Autos, der andere war auf Facebook und machte an einem Pariser Gymnasium das Abitur. Von den sozialen Netzen hatte ich ohnehin nicht viel erwartet. Sie entsprachen nicht dem Stil meines Erzählers. Es dauerte aber nicht lange, bis ich auf der Website eines Onlinetrödlers eine Émilie Lanier entdeckte. Ich hatte sogar das überraschende Glück, sie zu sehen, denn sie bot auf YouTube Tutorials an. In kurzen Videos erklärte sie, wie man einen abgewetzten Sessel neu bezieht, einen verblassten Rahmen neu vergoldet oder die Scherben eines Fayencegefäßes zusammenklebt. Sie verkaufte bezahlbare Secondhandware. Alexandres Schwester schien sich in dem unbeschreiblichen Durcheinander, in dem sie gefilmt wurde, so wohlzufühlen wie die Moderatorin eines Shoppingkanals. In ihren Bewegungen war etwas Bürgerliches, etwas von einer Müßiggängerin, die die Händlerin spielt. Ich suchte die Ähnlichkeit mit ihrem Bruder und fand sie in dem provozierenden Lächeln, das ständig zu sagen schien, dass das alles eigentlich total unwichtig sei. Ansonsten hatten sie nichts gemeinsam. Sie war schmal, brünett, helläugig, weder rund noch geheimnisvoll. Auf der Website ihres Onlineshops stand die Adresse ihres Ladens im 14. Arrondissement. Erster Punkt.

Dann suchte ich die Adresse des Cafés L'Utopie, das in der SMS vorkam, die Alexandre irrtümlich an mich geschickt hatte. Es war an der Ecke einer kleinen Straße im 11. Arrondissement. Eines Morgens erwachte ich mit der Gewissheit, dass mir die Nacht ein Geschenk gemacht hatte. Der Schlaf hatte mir eine verlorene Erinnerung zurückgegeben. Bei einem Gespräch im Atelier über den Lärm in der Nachbarschaft hatte Alexandre erzählt, er wohne gegenüber einem kleinen Park. Auf einem Stadtplan von Paris entdeckte ich einen kleinen Square in der Nähe des L'Utopie. Ich ging davon aus, dass Alexandre seine Schwester in ein Café in seiner Nähe bestellt hatte. Das war nur eine Hypothese. Die Spur war dünn, aber besser als keine. Schließlich bat ich Robert, mich zu unterstützen und ungefähr zwanzig Verleger anzurufen, die möglicherweise ein Buch über Méliès herausbringen würden. Er sollte sich für Alexandre Lanier ausgeben und nach dem Erscheinen seines Buches fragen.

Ich dachte, wenn er an der richtigen Stelle wäre, würde man ihn mit seinem Lektor verbinden. Nach zehn abschlägigen Antworten hielt mir Robert das Telefon hin. Eine Männerstimme erklärte wütend und ungeduldig, ich solle endlich aufhören, ihn zu nerven. Er glaubte mit Alexandre zu sprechen, und ich legte verschreckt auf. Auf jeden Fall hatte ich seinen Verleger gefunden, das war großartig.

Neben meinen Ermittlungen fing ich an, über meine neue Marionette zu grübeln. Seltsamerweise fiel mir der Abschied von Théodora sehr leicht. Ich stellte sie mir friedlich schlafend in ihrer Schatulle oben auf dem Schrank im Atelier vor, neben Oscar, ihrem Vater, und Nina, der älteren Schwester und unvollkommenen Vorläuferin meiner makellosen Schönen. Ich stellte auch fest, dass es mein portugiesisches Abenteuer nicht geschafft hatte, mich völlig zu vernichten, da schon ein neues Projekt aus dem Traumnebel auftauchte. Die ruhige und geduldige Künstlerin in mir war ganz lebendig. Ich musste die Dinge auf mich zukommen lassen und warten, dass sie Gestalt annahmen. Ich wusste nicht, warum ich eine neue Marionette wollte, die so dünn war wie ein Blatt Papier. Ich erklärte Robert, ich wolle eine Puppe mit einfachem Mechanismus, aus leichtem und trockenem Holz. Ich stellte mir das Gesicht vollkommen rund vor, strahlend wie der Mond. Marionetten mit Gesichtern, ihre toten Augen und ihre reglosen Züge sind mir unerträglich. Ich finde es absurd, sich abzurackern, um Puppen mit erstarrten Zügen lebendig werden zu lassen. Das ist widersinnig. Einige setzen auf die Fremdheit eines Körpers, der unter einem lachenden Gesicht weint, aber ich finde, das funktioniert nicht. Meine Marionetten werden niemals Masken tragen.

Robert überlegte, dann lief er durch seine Werkstatt. Hinter einem Stapel Holzblöcke und Bretter holte er ein Stück weißes Holz hervor.

»Männlich oder weiblich?«, fragte er.

»Das weiß ich noch nicht. Denk erst mal über eine flache und biegsame Puppe mit einfachen Gelenken nach.«

Robert schlug mir vor, mit Nussholz zu arbeiten, das nach dem Schleifen einen annehmbaren Glanz aufweist. Er war sichtlich enttäuscht. Er hatte nicht damit gerechnet, eine Marionette für Kinder anzufertigen, und fragte mich, was ich im Hinterkopf hätte.

»Eine Rückkehr zum Ursprung«, antwortete ich, ohne selbst zu wissen, was ich darunter verstand.

10

Ich habe mein Leben damit verbracht, nicht wie meine Mutter sein zu wollen. Noch heute bleibe ich wachsam, obwohl mein Leben das genaue Gegenteil von ihrem ist. Wenn ich sie allerdings besuche, zwei oder dreimal im Jahr, untergräbt unsere äußere Ähnlichkeit meine Moral wie eine schlechte Angewohnheit, die man auch mit größter Anstrengung nicht loswird. Ich sehe mich in dreißig Jahren, und was ich sehe, missfällt mir zutiefst. Ich stelle mir vor, dass meine Rundungen zu ihrem dicken Bauch werden, dass meine Haut die zitternde Schlaffheit ihrer Cockerlefzen annimmt und mein platter Hintern so breit wird wie ihrer. Meine Mutter hat uns ihre Hässlichkeit vererbt. Da ist nicht viel zu machen. Aber gegen die Verbitterung, die sie zur Lebenskunst erhoben hat, werde ich mich bis zum Ende wehren.

Nach dem Tod meines Vaters fristete die verbitterte Witwe ein erbärmliches Dasein zwischen ihrem verkümmerten Innenleben und dem Rathaus, wo sie bis zu ihrer Rente im

Büro des Standesamtes saß. Ich war ihrer Macht ausgeliefert und musste darum kämpfen, ihre Mittelmäßigkeit nicht nachzuahmen. Von Kindheit an hält uns eine unsichtbare Grenze davon ab, es besser zu machen als unsere Eltern. Ehrgeiz zu entwickeln heißt, die Religion zu verraten, in der man großgeworden ist. Es besser zu machen als meine Mutter hieß, sie zu verraten, ihre Bitterkeit abzulehnen, sie zu verleugnen. Meine Schwester musste sich vor einem Prüfer ausziehen, um den Fluch zu brechen. Sie musste ihre Gewalt gegen sich selbst richten, um ihr Nichteinverstandensein auszudrücken und ihr Umfeld zu beschützen. Ich habe nicht ihre Seelengröße. Kälte ist die einzige Waffe, die meine Mutter anerkennt. Kälte gegen Kälte, wie bei einem Duell wählen wir beide Pistolen, um uns gegenseitig umzubringen. Das ist das Einzige, was ich mit ihr zu teilen bereit bin. Meine Kinder wissen Bescheid. Agnès versucht hinter meinem Rücken, mit ihnen den Familienaltar wieder aufzurichten, den ich ohne Skrupel zerstöre, ich pfeif drauf. Sie sagt zu mir: »An dem Tag, an dem sie uns verlässt, wirst du es bitter bereuen.« Ganz ehrlich, das bezweifle ich.

Da mein Haus nur ein paar Kilometer von ihrem entfernt ist, musste ich sie wohl besuchen gehen, zumindest für Agnès, die mich zur Rechenschaft ziehen würde. Sie saß vor dem Fernseher, ihrem einzigen Freund, sie macht sich nicht die Mühe, ihn auszuschalten, wenn Besuch kommt. Sie verändert sich nicht mehr, eingelegt in ihrem Alter wie Birnen in ihrem Einweckglas. Nichts kommt mir so lange vor wie die Minuten, die ich mit ihr verbringe. Sie kommentierte mein Stottern nicht und machte, anders als Robert, keinen

Versuch, meine Sätze zu vollenden. Ohnehin haben wir uns nicht das Geringste zu sagen. Sehr schnell übernahm der Fernseher wieder seine Rolle als Katalysator in diesem nach Langeweile stinkenden Wohnzimmer, aus dem alle Spuren der Existenz meines Vaters sorgfältig getilgt waren.

Jedes Mal, wenn ich sie besuche, präsentiert sie mir stumm ihre katastrophalen Trophäen. Pulverkaffee, stinkende, weiche russische Zigaretten, die Sonntagstassen, um mich an die Seltenheit meiner Besuche zu erinnern, und gleichermaßen schlaffe wie feierliche Bewegungen, die mich vor der Nähe ihres Todes warnen sollen. Nichts hat je ihren Erwartungen entsprochen. Für sich zu behalten, was sie vom Leben erwartet hat, ist der Kern ihrer Abartigkeit. Was steckt hinter ihrer Bitterkeit und ihren Enttäuschungen? Hätte sie lieber zwei Jungs als zwei Mädchen gehabt? Einen anderen Mann, weniger lustig und mit mehr Geld? Ein anderes Haus, ein anderes Gesicht? Einen anhänglichen Hund, Freundinnen aus Kinderzeiten? Wer war diese faule Ehefrau mit ihrer verletzenden Gleichgültigkeit? Ein Opfer? Wovon? Von wem? Warum? Woher diese chronische Unzufriedenheit und das Bedürfnis, den anderen die Verantwortung zuzuschieben, indem sie schmollte, ohne sich je zu äußern? Wo es doch so spannend ist, nur auf sich selbst zu zählen. Sich zu sagen, dass der Fragesteller derselbe ist wie der, der die Antwort findet.

Ich überlasse es meiner Schwester, ihre Zeit damit zu vergeuden, die Gleichung des Lebens unserer Mutter zu lösen. Sie vermutet hinter diesem spannenden Rätsel ebenso spannende Antworten. Ich glaube eher, dass es darauf ankommt, so früh wie möglich freiwillig oder unter Zwang einen Vertrag über gegenseitigen Haftungsausschluss mit seinen Eltern zu unterzeichnen. Weil es in jeder Familie gefährliche und ungestrafte Erpresser gibt. Ich habe schnell begriffen, welcher bei uns sein Unwesen trieb, nämlich diese von Geburt an frustrierte Frau, die ich unmöglich Mama nennen kann. Mama! Dieses Wort, das stärkste der Welt, das mich mitten ins Herz trifft, wenn meine Kinder es benutzen, ist eine total unangebrachte Liebesbekundung, wenn man es auf meine Mutter anwendet.

Ein Siegerlächeln erstrahlte auf ihrem Gesicht, als ich ihr sagte, dass ich gehen wolle. Wenn ich sie verlasse, gebe ich ihrer Verbitterung neue Nahrung, dann triumphiert sie. In der Beziehung zu meiner Mutter dient mir allein meine Intelligenz als Kompass. Sie bewahrt mich davor, mich in ihrem harten, giftigen Blick zu verlieren.

Nachdem ich mich ihrer unheilvollen Macht entzogen hatte, ging ich zu Robert in seine Werkstatt. Er schlug mir einen Waldspaziergang vor, um auf andere Gedanken zu kommen. Ich wollte am nächsten Tag nach Hause fahren, ich hatte den Blues, er auch. Robert spricht lauter als alle anderen, aber er erzählt nicht dem Erstbesten sein Leben. Da er nie jammern will, weicht er humorvoll auf Gemeinplätze aus, mit denen er seiner Verzweiflung oder seiner schlechten Laune halbwegs Herr werden kann. Unter dem Äußeren eines Wilderers verbirgt sich ein eleganter Mann, ein zeitloser Dichter, der weint, wenn er ein Requiem hört, auch wenn er mit den Engeln darin nichts am Hut hat. Der Tischler in ihm ist in den Wäldern zu Hause. Er sieht in den Bäumen, was er daraus machen wird. Wir sprachen über meine Marionette, er hatte angefangen, daran zu arbeiten. Mit dem Ergebnis war er nicht zufrieden. Sicher deshalb, weil ihm mein Plan nicht gefiel. Wir setzten uns unter eine Eiche, und er redete.

»Mit dem Abend kommt die Melancholie der Babys. Der Tod geht um, ein freundlicher Tod. Er reicht dir ein kaltes Bier und ein Feuerzeug, um deine Kippe anzuzünden. Teufel noch mal, die Höflichkeit zwingt dich, seine Geschenke anzunehmen. Die Nacht bricht herein, alles kommt ins Lot. Und am nächsten Morgen bohrt sich das grelle Licht in deinen Kopf und es geht wieder von vorn los. Das ist zum Kotzen.«

Die Lichtung erbebte unter Roberts phänomenalem Lachen. Er sagt etwas, dann lacht er. Das ist seine Art, das Gesagte zu leugnen.

»Sprich weiter, Robert, das interessiert mich.«

Robert sprach weiter. Er erklärte mir, dass Nacht und Tag nicht zusammenpassten.

»Abends fasst man immer denselben Vorsatz, am nächsten Tag ein neuer Mensch zu sein, aber im Schlaf verlieren wir die Erinnerung an unsere Vorsätze. Lucie, ich spüre den Künstler in mir. Er nagt an mir, verstehst du? Er ist ein wildes Tier, das mich verrückt macht.«

Ich stellte mir das wilde Tier im nach Zigarre riechenden Büro eines Galeristen in Saint-Germain-des-Prés vor. Die Profis kennen ihren Beruf und lassen sich die Genies selten entgehen. Roberts Malerei hat wohl den unverzeihlichen Mangel, dass sie unverblümt ist, ohne die Distanz, die die Gedanken zivilisiert und vor der Lächerlichkeit schützt. Hier ist Robert König, aber wird er eines Tages wertvolle Bündnisse schließen können, die sein Territorium erweitern?

»Sag mir, was ich machen soll. Dir gelingt, was du anpackst. Sag's mir.«

Ich gebe nicht gern Ratschläge, weil ich es hasse, wenn man mir welche gibt. Bei Robert ist es anders. Es ist, als spräche ich mit mir selbst.

»Du musst auf die Wirklichkeit verzichten. So was lässt sich nicht erzwingen, aber man kann es lernen. Das ist leider nur ein sehr schlechtes Rezept, denn der Verzicht auf das wahre Leben macht nicht unbedingt einen Künstler aus dir. Pessoa hat sein ganzes Leben damit verbracht, in einem winzigen Zimmer mit Blick auf den Tabakladen die Passanten zu beobachten. Er hat fast alles versäumt. Natürlich muss ihn die flüchtige Verheißung des Abenteuers gestreift haben. Doch anstatt rauszugehen und abends mit anderen am Tejo zu schlendern, hat er sich eine Zigarette angezündet, sich noch ein Glas Wein eingegossen und geschrieben. Bis zur nächsten Zuckung des so nahen Lebens, das er abwehren musste. Niemand wusste, was er schrieb. Man macht so viele Sachen, die geheim bleiben. Warum nicht das? Mach weiter, Robert. Mach weiter, das ist alles.«

»Meinst du, ich sollte Zugeständnisse machen?«

»Was für Zugeständnisse?«

»Keine Ahnung. Irgendwas, damit meine Bilder endlich vorzeigbar sind.«

»Das ist eine schwierige Frage. Mache ich mit meinen Marionetten Zugeständnisse? Ja. Wenn es nur nach mir ginge, würden sie die Hälfte meiner Vorstellung reglos und in Totenstille auf der Bühne verharren. Sie würden in den Saal starren, weiter nichts. Aber die Leute würden davonlaufen. Aus Langeweile oder vor Entsetzen! Also mache ich es nicht. Ich habe so viele junge Puppenspieler getroffen, die ihr eigenes Talent anbeteten und sich selbst zerstört haben, weil sie ihre Regeln durchsetzen wollten. Ratschläge habe ich immer gehasst, aber ich habe Kritik angenommen.«

»Hast du nie das Gefühl, dich zu verleugnen?«

»Nein. Ich sehe die Verständnislosigkeit, ich erfasse den Fehler bei der Weichenstellung und berücksichtige ihn. Wenn das Publikum die Sitze knallend den Saal verlässt, heißt das nicht unbedingt, dass man eine revolutionäre Vorstellung gegeben hat.«

Auf dem Rückweg zum Auto blieb er stehen, wandte das Gesicht zum Himmel und schloss die Augen. Mir war kalt, und nach kurzer Zeit wurde ich ungeduldig.

»Was ist los?«

»Ich bin glücklich. Wenn ich mich bewege, ist es vorbei.«

Ich setzte mich auf die Böschung und wartete, dass sein Glück vorbeiging. Ich sah zu, wie er tief die Abendluft einatmete, und hoffte, dass dieser wunderbare König eines Tages verstehen würde, dass er vor allem der Künstler seines Lebens war.

11

In Paris beantwortete ich endlich die Mails und SMS, die ich während meiner Abwesenheit erhalten hatte. Philippe kündigte seine Heimkehr für das Wochenende an, von Annetta gab es unzählige Nachrichten. Eine Mail vom Direktor des Festivals in Lissabon ließ mich vermuten, dass sich meine Managerin bei den »persönlichen Gründen« ordentlich verausgabt hatte. Ich hatte offenbar einen geliebten Menschen verloren, vermutlich Philippe, und zugleich das Burnout meines Erzählers parieren müssen. Alles falsch, aber irgendwie vielleicht auch alles richtig.

Dann ging ich zu Agnès, um die Kinder abzuholen. Glücklicherweise war sie im Restaurant. Antoine war da, er ist meistens entspannter als meine Schwester. Während die Kinder in ihre Zimmer gingen, um ihre Sachen zusammenzusuchen, konnten wir ein paar Worte wechseln. In seinem Blick las ich, dass er mein Stottern hörte. Ich erzählte ihm etwas ausführlicher von Lissabon, dann sprach er über Philippes Nachlässigkeit. Warum hatte er acht Tage gebraucht, um auf die SMS der Kinder zu antworten? Oft wird uns die Besorgtheit als Aufgabe oder Verpflichtung vermittelt. Offenbar fand Antoine es unfassbar, dass mich dieses Schweigen so gleichgültig ließ. Wenn er sich ausgemalt hatte, wie Philippe mit zertrümmertem Schädel in einem Abgrund lag, konnte ich ihm doch nicht sagen, dass uns Philippe manchmal einfach vergaß. Ich spürte am Ton und an der Sicherheit meines Schwagers, dass er stundenlang mit Agnès über unsere Beziehung hergezogen war. Er tat mir leid, und ich versuchte ihn zum Lachen zu bringen.

»Du weißt doch, wie das ist, wenn man weit weg ist. Die Zeit rast, und die Postkarten, die wir gleich am Tag nach unserer Ankunft geschrieben haben, bleiben in unserer Manteltasche. Oft bringen wir sie mit nach Hause.«

Antoine ist der Typ Mann, der es nicht vergisst, seine Postkarten abzuschicken. Er begreift nicht, wie wir funktionieren. Ich sagte ihm, ich hätte keine Ahnung, was mein Mann in Bangkok mache, für wen er unterwegs sei und was er dort suche. Philippe ist ein freies Elektron. Die meisten Paare sind durch Zeitpläne, Gewohnheiten und Ortsnamen verbunden, mit denen sie sich zu jedem Moment verfolgen und visualisieren können. Bei uns war das nie so, wir haben einfach keine Gewohnheiten. Antoine warnte mich, dass uns Louis und Véga irgendwann die Rechnung präsentieren würden. Ich fragte mich nun doch, ob Philippe und ich nicht zu weit gegangen waren. Ich akzeptierte, ohne mit der Wimper zu zucken, dass er mich am anderen Ende der Welt betrog, das war sicher auch eine verantwortungslose Haltung.

Zu Hause stand ich eine Weile in Philippes Arbeitszimmer rum. Wer sucht, der findet, deshalb habe ich mich immer geweigert zu suchen. Wir finden Mails, Kartenbelege, Restaurantrechnungen, Visitenkarten, die viel über denjenigen aussagen, mit dem wir unser Leben teilen. Außerdem hält mir Philippe die Dinge zwar nicht direkt unter die Nase, aber er versteckt auch nichts, er kennt meine Abneigung dagegen, ungefragt in die Welt der anderen einzudringen. Ich muss zugeben, dass ich ein Problem mit der Vertraulichkeit habe. Manchmal sage ich mir, dass er mich deshalb betrügt. Er sucht woanders die Intimität, die ich nicht mit ihm zu teilen vermag. Ich bin jemand, der an die Tür klopft, bevor er reinkommt. Ich habe nie das Tagebuch meiner Tochter gelesen, das offen auf ihrem Nachttisch liegt, zwar mit einer Kette verschlossen, aber ich weiß, wo sie den Schlüssel versteckt. Was findet man hinter den verschlossenen Türen oder in Heften, die jemand für sich selbst schreibt? Peinliche Gefühle, erbärmliche Lügen, Traurigkeit und auch Verzweiflung. Intimität hat einen komisch muffigen Geruch, der mich erstickt. Ich blätterte oberflächlich in Philippes Sachen, verschob hier einen Stapel, öffnete da eine Akte, wie man in einem schmutzigen Mülleimer eine alte Einkaufsliste sucht. Ich wollte nichts wissen und sorgte dafür, dass ich nichts sah.

Am nächsten Tag ging ich ins L'Utopie. Das Café war leer, und die Kellnerin hatte Zeit. Ich zeigte ihr ein Foto von Alexandre, das Annettas Fotograf aufgenommen hatte.

»Klar kenne ich ihn«, sagte sie ohne Zögern. »Er kommt

fast jeden Abend auf ein Glas, oft bleibt er zum Essen. Da fällt mir auf, dass ich ihn bestimmt seit zwei Wochen nicht mehr gesehen habe.«

»Ist er immer allein?«

»Meistens. Manchmal kommt er mit einer Frau. Aber sie sind kein Paar, da bin ich mir sicher.«

Die Kellnerin sprach mit mir, als antwortete sie einem Polizisten, ohne sich darum zu kümmern, ob ich einer war. Es ist verrückt, wie sich die Leute ohne nachzudenken in die Serienhelden hineinversetzen, die sie aus dem Fernsehen kennen. Sie mischen Wahres und Falsches, wissen nicht mehr, wo sie sind. Ich hatte einen Screenshot von einem von Émilies Tutorials gemacht, den ich der Kellnerin unter die Nase hielt.

»Ist sie das?«

»Ja. Sie ist ganz nett. Er ist eher so ein Verschlossener. Einer von den ruhigen Gästen, die sich immer an denselben Tisch setzen und immer dasselbe bestellen. Er ist doch Schriftsteller, oder? Ich meine, weil er die ganze Zeit schreibt. Immer die Nase in seinen Papieren, als wäre er im Büro. Wenn die Frau dabei ist, redet meistens sie, das scheint ihm mächtig auf die Nerven zu gehen. Ich glaube, wenn er könnte, würde er sie knebeln, um sie zum Schweigen zu bringen. Aber ihr ist das schnuppe, sie schwatzt weiter.«

»Wissen Sie, wo er wohnt?«

»Bestimmt ganz in der Nähe. Ich habe ihn schon öfter beim Einkaufen im Franprix gesehen.«

Ich hatte, was ich wollte. Ich lief bis zu dem Square, den ich auf Google Maps gefunden hatte. Ich folgte meiner Intuition und raste wie mit einem Superkraftstoff voran. Auf diese Weise würde ich das Rätsel noch am selben Tag lösen. Eine Krippe, zwei Bürogebäude und ein Dutzend hübscher Wohnhäuser aus dem 19. Jahrhundert umgaben den kleinen Park. Glückstreffer, eine Briefträgerin kam mit ihrem Wägelchen aus einem Haus. »Lächle«, sagt meine Mutter, »das ist dein Trumpf.« Die Briefträgerin ging mir auf den Leim und ersparte mir freundlicherweise viel Zeit. Sie kannte Alexandre Lanier.

»Er wohnt in der 6. Dritte Etage, rechts. Wenn Sie zwei Minuten warten mögen, mache ich Ihnen auf.«

Alexandre Lanier hatte die Angewohnheiten eines alten Junggesellen. Das Porträt war ohne Glamour. Vielleicht hatte er die Wahrheit gesagt, als er mir vorwarf, sein Geheimnis mit meinen eigenen Phantasien anzureichern. Ich hatte es getan, wie man die Stille der Schweigsamen mit Sätzen und Gedanken füllt, die oft viel intelligenter sind als sie. Ich folgte der Briefträgerin in Alexandres Haus. Das Treppenhaus war gepflegt, geradezu prunkvoll. Zwischen den Etagen zeichnete das von Belle-Époque-Fenstern gedämpfte Licht grüne und rosarote Blumengirlanden auf die Wände. In der dritten Etage klingelte ich, ohne zu zögern. Vergeblich. Man spürt instinktiv, wenn hinter einer Tür niemand zu Hause ist. Man spürt die Leere, ich jedenfalls. Ich klingelte gegenüber, nichts. Ich ging wieder runter und klopfte an die Pförtnerloge. Die Concierge kam heraus, gefolgt von einem winzigen Mädchen. Sie hatte nichts von Alexandre gehört.

»Ich habe ihn letzte Woche mit einem Koffer weggehen sehen.«

Ich stellte Fragen, die in den Kopf der Pförtnerin eindrangen wie in weiche Butter. Zu meinem Glück übte sie ihren Beruf mit Leidenschaft aus und hatte nicht die geringsten Skrupel, das Leben ihres Hausbewohners vor einer Unbekannten auszubreiten. So erfuhr ich, dass Alexandre kein Mieter war, weil seiner Mutter die Hälfte des Hauses gehörte. Sie lebte in London.

»Ihr Mann ist gestorben, und sie hat einen Engländer geheiratet. Reginald Wilkins. Sie kommt nur noch ein-, zweimal im Jahr vorbei.«

Sie erzählte immer weiter über die Familie Lanier und schien sehr stolz darauf zu sein, sie so gut zu kennen.

»Ich bin schon seit dreißig Jahren hier. Sie können sich vorstellen ...«

Ich konnte mir nicht vorstellen, aber in der nächsten halben Stunde erfuhr ich alles. Das kleine Mädchen lauschte genauso aufmerksam wie ich. Meine Akte war schon randvoll mit Informationen aus erster Hand. Ich hatte eine Atmosphäre, Gesichter, Namen. Vor meinen Augen entstand das Bild einer seit mehreren Generationen mit Immobilien reich gewordenen Pariser Familie. Von Émilie sprach die Concierge mit einer Wärme, die verschwand, sobald sie Alexandre erwähnte. Allmählich legten sich Farben und eine Vielzahl von Einzelheiten über das ursprünglich karge Bild. Ich sah ein etwas altmodisches, verstaubtes und trauriges Gruppenporträt. Eltern mit diskretem Reichtum und gut erzogene Kinder, die immer spurten. Nach dem Tod des Vaters hatte die Mutter ein neues Leben begonnen, und Alexandre war allein im Haus seiner Kindheit zurückgeblieben. Er war der Hüter des Tempels, der ablehnte, dass sich etwas änderte. Mein alter junger Mann, mein in seine Rüstung gezwängter Feind war fünfunddreißig Jahre alt. Émilie, seine ältere Schwester, wohnte im 14. in einer Wohnung über ihrem Laden. Sie lebte auch allein und hatte keine Kinder. Ich äußerte mein Erstaunen. Manchmal bringt Erstaunen mehr als direkte Fragen, und schon breitete die Concierge neue kostbare Schätze vor meinen Augen aus. Sie hatte eine Theorie über die Laniers.

»Ich verdanke ihnen meine Arbeit hier, aber … Wissen Sie, die Kinder durften zum Beispiel nicht meine Loge betreten. Als wäre es gefährlich bei mir. Die Familie lebte sehr zurückgezogen. Sie hatten oft Gäste. Aber die Leute, die kamen, waren genauso. Sehr distanziert. Das macht das Geld, glauben Sie nicht?«

Das Telefon klingelte, die Concierge vergaß mich und begann ein langes Gespräch auf Portugiesisch. Ich wartete noch einen Moment, dann gab ich auf. Ich hatte eine Grenze erreicht, hinter der meine Anwesenheit problematisch werden konnte. Als ich ging, war ich ebenso zufrieden wie frustriert. Einige Geheimnisse waren enthüllt worden, aber sie hatten neuen Fragen Platz gemacht.

War Alexandre Lanier ein armer Kerl? Ein Sohn aus gutem Hause, der schrieb, um sich eine gesellschaftliche Stellung, eine Identität in der Stadt zu verschaffen und seinem Müßiggang als Rentier zu begegnen? Ich stellte mir eine traurige Kindheit mit herablassenden oder überängstlichen Eltern vor, die sich vor den Krankheiten fürchteten, die in Pförtnerlogen lauern. Vielleicht lag genau hier das Geheimnis von

Alexandre Lanier. Angst. Die Angst, die man in Familien vererbt wie eine Krankheit, und die so zur Lebensweise wird. Die Angst der Reichen vor den Armen, die Angst der Armen vor den Reichen, die Angst vor dem Urteil der anderen zwischen Kindern und Eltern, die Angst, ein Körper zu sein, hatte meinen Erzähler vielleicht in die Flucht getrieben, als er sich in Lissabon dem Unbekannten stellen sollte.

Ich habe die Angst gründlich kennengelernt. Sie ist in meiner Erinnerung allgegenwärtig. Wenn man sich weigert, sie zu sehen, greift sie um sich. Wer sich weigert, ihr zu begegnen, erstarrt in Reglosigkeit, um nicht ihre Aufmerksamkeit auf sich zu ziehen. Aber das ist eine Illusion, weil sie denjenigen, der sie zu töten hofft, indem er die Statue spielt, langsam von innen zerfrisst. Ich erahne sie oft, hinter so vielen Haltungen und Tarnnamen verborgen: Hochmut, Zynismus, Verachtung, selbstgewählte Einsamkeit, Schweigsamkeit oder Hysterie. Vielleicht hatte die Angst aus Alexandre Lanier einen Profi der Verschleierung gemacht, der sich in seiner Luxuswohnung verkroch, mit Blick auf das Laubdach des Parks.

12

Am nächsten Tag kam Philippe zurück und war bester Laune. Die hielt allerdings nicht lange an. Mein Stottern war für ihn eine Premiere, weil er mich nicht als Kind gekannt hatte. Während ich sprach, folgte er den Bewegungen meines Mundes mit ängstlicher Neugier, als würde ich gleich anfangen zu spucken. Ein Impuls drängte ihn, mich zum Schweigen zu bringen. Ich sah es an seinen Händen, die wie ein Schutzwall vor seinem Gesicht herumzappelten. Ich versuchte ihn zu beruhigen, indem ich ihm erklärte, das sei nichts im Vergleich zu meiner Behinderung als Kind. Es gibt kaum etwas Traurigeres auf der Welt, als diejenigen zu beruhigen, die uns fürchten, und ich hätte nie gedacht, dass ich eines Tages zu Philippe »Hab keine Angst vor mir« sagen müsste. Um ihn zu beruhigen, verwandelte ich die Katastrophe von Lissabon in eine heilsame Infragestellung meiner Arbeit und machte aus meiner Suche nach Alexandre den bloßen Wunsch, zu begreifen, was passiert war. Das alles in holprigen, endlosen Sätzen. Philippes einwöchiges Schweigen erwähnte ich nicht.

Als ich fertig war, schaute er mich lange an, als wäre ich ein Schatten, den er in dichtem Nebel wahrnahm. Seine Freiheit und seine Seitensprünge hängen von meiner Zustimmung ab, und meine Zustimmung hängt von meinem Gleichgewicht ab. Ist das gestört, gerät der Motor ins Stocken, und damit wackelt auch die Erlaubnis, mich zu betrügen. Meine Analyse ist überhaupt nicht zynisch. Es ist eine bloße Feststellung. Man liebt aus ganz unterschiedlichen Gründen, manchmal auch sehr seltsamen. Philippe liebt mich, weil ich ihn anderswo lieben lasse. Was würde geschehen, wenn sich die Situation änderte? Wenn ich Stopp sagen würde? Schluss mit dem Zirkus! Das unselige Wiedersehen erinnerte uns daran, wie anfällig unsere Beziehung war. Eine Vorstellung, die schlecht läuft, ein zu langes Schweigen, eine hartnäckige Obsession, und unsere armselige Konstruktion gerät ins Wanken. Philippe spürte die Gefahr und stürzte sich auf Alexandre, als wäre er der einzig Schuldige an dieser Bedrohung. Plötzlich wurde er wütend und fragte mich, was ich jetzt vorhätte. Ich erklärte ihm den Plan, meinen Erzähler wiederzufinden.

»Und was machst du, wenn du vor ihm stehst?«

»Das hängt von ihm ab. Von dem, was er sagt. Clara behauptet, sie habe gewusst, dass es schlecht enden würde. Das große Unglück kündigt sich vielleicht an, aber man weiß nie, wie es aussehen wird. Wir sind auf unsere erbärmliche Vorstellungskraft angewiesen. Meine schloss aus, dass er mich verrät.«

»Was hattest du dir denn vorgestellt?«

»Am Anfang dachte ich, er hält nicht lange durch, und ich muss im letzten Moment Ersatz finden. Aber er ist geblieben, und irgendwann habe ich mir eingeredet, dass eigentlich alles ganz einfach und normal ist.«

»Ganz einfach und normal«, wiederholte er nachdenklich.

Seine Art, mich daran zu erinnern, dass er sich unser Leben ganz genau so wünschte.

Die nächsten beiden Tage verbrachte ich damit, mir Notizen für mein nächstes Stück zu machen. Ich rief Robert an und bat ihn, mir ein Foto meiner Marionette zu schicken, aber er tat es nicht. Ich rief auch Clara und Paul an, voller Sorge, sie könnten mich womöglich im Stich lassen. Nachdem ich mich ihrer Treue versichert hatte, wandte ich mich Phase zwei meiner Ermittlung zu. Ich suchte Alexandres Verleger auf. Diesmal ging ich die Sache besonders dreist an. Bei der Empfangsdame fragte ich nach Olivier du Mesnil, dem wütenden Kerl, den ich am Telefon gehabt hatte.

»Inspektor Paugham«, warf ich ihr in dringlichem Ton hin.

Das Wort Inspektor wirkte, wie ich erwartet hatte. Was für ein Inspektor? Polizei, Steueramt, Hygiene, Arbeit – die Empfangsdame fragte nicht nach, sondern rief sofort den Verleger an. Das Zauberwort führte mich direkt in die zweite Etage. Bei einem Vertreter des Gesetzes bekam es sogar Olivier du Mesnil mit der Angst zu tun. Vielleicht hatte er sich das eine oder andere vorzuwerfen. Kaum hatte ich die Tür hinter mir geschlossen, erklärte ich ihm, ich sei kein Inspektor, sondern auf der Suche nach Alexandre Lanier. Er starrte mich ein paar Sekunden lang an, als verstünde er nicht, was ich sagte, dann teilte er mir in unfreundlichem Ton mit, er habe viel zu tun.

»Paugham, ist das Ihr Name oder auch eine Erfindung?«, fragte er schroff.

»Das ist mein Name.«

»Haben Sie etwas mit der Marionettenspielerin Lucie Paugham zu tun?«

»Das bin ich.«

Plötzlich begannen seine Augen zu leuchten, und ein strahlendes Lächeln erschien in seinem Gesicht. Ich habe selten das Glück, dass man mich außerhalb von Kollegenkreisen erkennt oder wiedererkennt. Und auf der Bühne ist Théodora so bezaubernd, dass man sich kaum an meine Anwesenheit neben ihr erinnert. Wenn es doch passiert, schmelze ich wie Schokolade in der Sonne.

»Ich habe alle Ihre Stücke gesehen! Ich bin verrückt nach Théodora. Wenn Sie gekommen sind, um mir die Geschichte Ihres Lebens anzubieten, unterschreibe ich sofort.«

Ich sagte, ich sei nicht deshalb gekommen, aber seine Blicke verschlangen mich weiter wie eine begehrte Beute. Ich zögerte, ihm die Geschichte von Lissabon zu erzählen, und erkundete das Terrain auf andere Weise.

»Ich muss Alexandre Lanier erreichen, er arbeitet für mich. Ich weiß, dass Sie sein Buch herausgeben, und vermute, dass Sie in Kontakt mit ihm sind.«

Seine Miene veränderte sich schlagartig.

»Ich werde Alexandre Lanier nicht herausgeben. Ich will nichts mehr von diesem Vollidioten hören!«

Ich äußerte mein Erstaunen, aber ich musste ihn nötigen, bevor er mir seine Querelen mit ihm schilderte.

»Er hat mir vor Ewigkeiten sein Manuskript über Méliès geschickt. Schwer verdaulich, schlecht geschrieben. Ich habe trotzdem einen Vertrag mit ihm gemacht, weil mich das Thema interessierte. Dann habe ich ihn gebeten, den Text zu überarbeiten. Nach sechs Monaten kam er wieder, und ich stellte fest, dass er kaum etwas geändert hatte. Da fing der Ärger an. Jeden Monat versuchte er es wieder. Er fügte einen Absatz hinzu, strich einen anderen, das ging endlos. Ob Sie es glauben oder nicht, Madame Paugham, seit zehn Jahren verändert er die Reihenfolge der Kapitel, stellt die Korrekturen, die wir ihm vorschlagen, infrage, fügt Fußnoten hinzu. Alexandre Lanier macht uns verrückt. Er taucht ohne Termin auf und wartet stundenlang, bis jemand Zeit hat, ihm zuzuhören. Ich habe in meinem ganzen Verlegerleben noch keinen so seltsamen Kauz getroffen. Irgendwann habe ich begriffen, dass er gar nicht veröffentlicht werden will. Ich hatte ihn lange für einen Perfektionisten gehalten, einen von diesen Autoren, die nicht fertig werden können. Die gibt es bei Ihren Kollegen sicher auch, Leute, die denken, man will ihnen ihr Werk stehlen, wenn man sie zur Eile drängt.«

»Ja, die gibt es. Für sie heißt fertig werden sterben. Und dann regen sie sich über unsere Leichtfertigkeit auf.«

»Ich glaube nicht, dass er so einer ist. Er ist ein Süchtiger, ein Kranker. Perfektionisten perfektionieren, er zerstört, er nimmt auseinander, als hätte er nicht den geringsten Respekt für seine eigene Arbeit. Vor sechs Monaten habe ich beschlossen, auf seinen Vorschuss zu pfeifen, ich habe ihm gesagt, er solle sich einen anderen Verlag suchen. Er hört trotzdem nicht auf, mich zu nerven. Aber wieso arbeiten Sie mit ihm? Was gibt es für eine Verbindung zwischen den Marionetten und Alexandre Lanier?«

Ich sprach von Alexandres Stimme und seiner Rolle als Erzähler.

»Ach! Théodora!« Er geriet ins Schwärmen. »Wissen Sie, dass ich Sie dank meiner Tochter entdeckt habe? Ich dachte, ich gehe mit ihr zu einer Kindervorstellung, aber am Ende war ich selbst ganz verzaubert.«

»Ja, das kommt oft vor. Man entdeckt uns durch Zufall. Wir leiden unter einem Missverständnis. Selbst das Wort Marionette entspricht schon lange nicht mehr dem, was es mal bedeutet hat. Unsere Kunst ist eine eigene Welt.«

»Eine eigene Welt?«

»Ja. Wir haben unsere Traditionen, unsere Revolutionen, unsere Diplome und unsere Diplomierten, unsere Anthropologen, unsere Historiker und unsere Forscher, unsere Schulen, unsere großen Stars, und niemand weiß es. Die Leute sehen in der Marionette den ewigen Kasper, der mit seinen steifen Armen und seinem Holzkopf wackelt. Sie wissen nicht, dass es auf der Welt Théodoras aus Schaumstoff, aus Fell oder aus gefaltetem Papier gibt, riesige Figuren und winzige, menschliche und tierische, lustige und tragische.«

»Schreiben Sie! Erzählen Sie das alles! Das ist faszinierend!«

Ich antwortete ihm, das stehe nicht auf meiner Agenda. Er schien aufrichtig enttäuscht. Dieser du Mesnil war wirklich ein netter Kerl. Ich war überzeugt, dass er Alexandre mit derselben Geduld behandelt hatte wie ich und sich wie ich von dem Wahnsinnigen hatte reinlegen lassen. Deshalb fragte ich ihn weiter aus. Er hatte mir wertvolle Hinweise gegeben, aber ich wollte mehr.

»Ich habe seine Adresse und seine Mobilnummer, wenn Sie das interessiert, aber die haben Sie vermutlich schon. Stimmt, er hat seit ein paar Wochen nichts von sich hören lassen. Haben Sie Marthe Wilkins angerufen?«

»Seine Mutter? Kennen Sie sie?«

»Ihr gehört die Wohnung, die ich für meinen Sohn gemietet habe. Sie hat mir Alexandre geschickt, damit ich ihn veröffentliche. Was für ein Geschenk!«

Der Verleger gab mir die Nummer und die Adresse von Marthe Wilkins in London. Bevor ich ging, musste ich ihm versprechen, dass ich ihn anrufen würde, wenn ich mich entschließen sollte, meine Autobiographie zu schreiben.

Ich kam voran. Ich zingelte Alexandre ein, sein Bild wurde immer deutlicher und zugleich immer vielschichtiger. Was mir der Verleger erzählt hatte, passte zu seinem Konzept von Nihilismus, von Arbeit für nichts, von der Inkonsequenz unseres Handelns. Die tragische Dimension seiner Persönlichkeit, seine masochistische Verbissenheit, sein Spielzeug zu zerstören, sich zu entziehen und zugleich die Bühne so demonstrativ in Beschlag zu nehmen, wurde für mich immer deutlicher. Ganz sicher war die Angst der Kern seines Lebens, sein fehlendes Selbstvertrauen trieb ihn zu Extremen, die nach großer Kühnheit aussahen. Okay. Aber er richtete Schaden an, er wusste es, und er musste dafür bezahlen.

Nach meinem Gespräch mit du Mesnil ging ich wieder ins L'Utopie. Die Kellnerin erkannte mich und fragte, ob ich etwas von Alexandre gehört hätte. Ich sagte, ich käme mit meiner Suche voran, und sie lächelte wissend. Ich setzte mich auf die Terrasse. Dort erlebte ich eine Szene, die ich nie vergessen werde. Einen dieser flüchtigen Momente, die die Betrachter verzaubern. Gegenüber des Cafés war eine Schwulenbar, die mir bei meinem ersten Besuch im Viertel nicht aufgefallen war. Die Straße war belebt, und eine Dragqueen in Netzstrümpfen, glänzendem Minirock und farbigen Plateauschuhen sorgte vor der Tür der Bar für Aufsehen. Sie sprach die Passanten an und streckte ihnen einen mit kleinen Schokoladenostereiern gefüllten Korb hin. Ich beobachtete ihre Bewegungen. Der Mann war nicht, was er zu sein vorgab. Die Botschaft war verschlüsselt, seine Gesten zugleich natürlich und gekünstelt. Eine Goldmine für mich als Illusionskünstlerin. Ich urteile nicht über das, was mir der Zufall bietet. Die Erfahrung hat mich gelehrt, dass scheinbar bedeutungslose Erlebnisse sich Monate oder Jahre später als wertvolle Inspirationsquellen entpuppen können. Ich bemerke, ich sammle, und ich verachte nichts, eines Tages wird vielleicht ein Sohn von Théodora die Haltung dieses als Frau verkleideten Mannes übernehmen, wer weiß.

Jedenfalls redete meine Dragqueen auf die Passanten ein, als ich ein irgendwie rührendes Paar ankommen sah, eine alte, elegante Dame, die einen Jungen an der Hand hielt. Als ihnen der Riese in Netzstrümpfen sein Körbchen hinstreckte, versuchte das Kind peinlich berührt seine Großmutter weiterzuführen, indem es sie am Ärmel zog. Sie war nicht einverstanden, sondern blieb vor dem Mann stehen. Er legte ihr ein Schokoladenei in die Hand, sie dankte ihm, und die beiden unterhielten sich eine Weile. Ich verstand nicht, was sie sagten. Sie lachten viel und kümmerten sich nicht um den Jungen, der ein Stück entfernt vor Ungeduld verging. Er sah sich voller Panik um, als würde er Hilfe suchen oder sich, im Gegenteil, versichern wollen, dass niemand auf sie achtete. Endlich setzte die alte Dame ihren Weg fort. Erst da bemerkte ich, dass sie blind war. Natürlich! Natürlich! Wegen ihrer Blindheit hatte sie einen charmanten Mann getroffen und einen netten Moment mit ihm verbracht.

Ich hatte mit Alexandre eine nicht ganz unähnliche Geschichte erlebt. Außerstande, das Offensichtliche zu sehen, hatte ich mich von seinen Gesten, seinen Gleitschritten und seiner Art, den Kopf zu drehen, als hätte er ständig einen steifen Hals, verführen lassen. Wer konnte sich rühmen, Alexandres Geheimnis durchschaut zu haben? War der Blick von Clara, Paul oder Philippe schärfer gewesen als meiner? Wer war das Kind und wer die alte Dame? Der Künstler ist ein Blinder, der auf andere Weise sieht. Weder die Passantin noch ich hatten uns an der Nase herumführen lassen. Alexandre war für die anderen nicht oder kaum dagewesen, wohl aber für mich.

Es war für ihn übrigens auch kein Privileg gewesen, mit Lucie Paugham zusammen zu arbeiten. Eher ein Martyrium, das er bis zum schwarzen Loch von Lissabon stumm ertragen hatte. Sollte ich ihn hassen, weil er am Silvesterabend meinen Vorschlag angenommen hatte, weil er darauf verzichtet hatte, für immer zu verschwinden, nachdem er

Théodora gesehen hatte, weil er bis zur Premiere geblieben war? Er hatte wohl bis zum letzten Moment an das Wunder geglaubt. Allein in Lissabon, nachdem er mich auf der Bühne im Stich gelassen hatte, hatte Alexandre keinen Sieg genossen. Er hatte nicht über seinen Witz gelacht. Er war ein Mann auf der Flucht, und weglaufen ist niemals lustig. Ich hasste ihn nicht mehr, ich begann ihn zu bedauern.

Unsere Intuitionen sind unsere Gedanken ohne Worte, Vorzeichen unserer Einsichten. Ohne zu begreifen, woher diese Gewissheit kam, war ich überzeugt, dass Alexandre Lanier, bei sich oder anderswo versteckt, auf mich wartete.

Am selben Abend schlug mir Philippe vor, ein paar Tage wegzufahren. Er sagte, wir hätten es nötig. Wollte er mir noch einmal einen Streich wie in Volubilis spielen? Mich aus meiner Umgebung locken, um mich auf eine Ankündigung vorzubereiten, die diesmal endgültig unser Leben über den Haufen werfen würde? Oder fühlte er sich nach seinem Schweigen von Bangkok mies? Sorgte er sich, dass ich ihm entglitt? Ich war einverstanden, unter der Bedingung, dass wir nach London fuhren, nicht nach Ibiza, wie er vorgeschlagen hatte. Er begriff, dass er keine Wahl hatte, und stimmte zu, ohne zu diskutieren.

13

Bevor wir nach London fuhren, ging ich zu Émilie Lanier. Seltsame Person und seltsame Begegnung. In den Filmchen, die sie im Internet postete, hatte sie auf mich wie eine Dame gewirkt, die ihre Zeit füllen muss und ihren Kunden mit gespreizten Fingern schöne Dinge entgegenstreckt, als wollte sie sagen, das sei alles nicht so ernst gemeint. Das traf nur teilweise zu.

Ihr Laden war lang und eng wie ein Hausflur. Ohne jede Sorge um Präsentation waren Suppenterrinen, Kommoden und verblichene Porträts ihrer traurigen Dinglichkeit überlassen. Ein starker Wachsgeruch kitzelte meine Nase. Émilie Lanier schob einen Samtvorhang zur Seite und kam aus ihrem Lager. Ich stand vor einer jener Frauen, die ich liebe, die mich inspirieren und deren Quintessenz Théodora ist. Sie sind nicht unbedingt schön, strahlen aber die beständige Freude aus, auf der Welt zu sein. Erhobenen Hauptes, stark und zerbrechlich stehen sie auf der Bühne ihres Daseins. Ich liebe diese Frauen, die mit einer Schulterbewegung, einer Arabeske der Hand den Eindruck wecken, dass jeder Satz ihr Leben umfasst. Sie sind Tragödinnen des Augenblicks, ihr Alltag ist ein Experimentaltheater, sie schweben über einer Bühne, auf der Risiko und Lächerlichkeit sich berühren, während sie auf ihrem Seil tanzen. Von der Angst, die ihren Bruder gezeichnet hatte, war bei dieser brünetten Frau nichts zu sehen, als sie mich wie ein Emoji mit blitzenden Zähnen anlächelte.

Ich stellte mich vor. Sobald ich den Namen ihres Bruders erwähnte, verschleierte sich ihr Blick mit der traurigen Schicksalsergebenheit angesichts eines chronischen Leidens. Sie bot mir einen mit goldenen Ähren bestickten Sessel an. An eine Kommode gelehnt wartete sie mit verschränkten Armen auf die Fortsetzung. Verschränkte Arme sind sehr interessant. Sie sind eine Art, Nein zu sagen, sich zu schützen, auch zu warten, dass etwas aufhört. Wenn eine Marionette die Arme verschränkt, ist sie menschlicher denn je, weil das eine antitheatralische Geste ist. Technisch ist es die Hölle, aber es lohnt sich. Während ich ihr vom Drama von Lissabon und den Umständen meiner Bekanntschaft mit ihrem Bruder erzählte, dachte ich an ihre Kindheit. Je länger ich sie beobachtete, desto deutlicher spürte ich die enge Verwandtschaft der beiden in ihrer etwas gezwungenen Art, jemandem zuzuhören, als wäre in ihrem Kopf alles schon vorher klar. Alexandre und Émilie vibrierten in der gleichen Ungeduld. Ich saß vor einer in einen Flur gezwängten Königin. Es gab mir einen Stich, als ich an die in ihrer Schatulle eingeschlossene Théodora dachte, die ihr so ähnlich war.

»Alexandre wird sich niemals umbringen«, sagte sie und schüttelte ihr dichtes dunkles Haar. »Da bin ich ganz sicher. Aber wenn die Drohung einmal ausgesprochen ist, wird man sie nicht mehr los. Sie wird zur Abhängigkeit. Alles ist vergiftet, entstellt. Du springst auf, sobald das Telefon klingelt. Die Post kommt, und du zögerst, handgeschriebene Umschläge zu öffnen. Eine Sirene jault durch die Nacht, und du sagst dir, das ist für dich. Jemand klopft an die Tür, und du verstummst. Es gibt keinen Zufall mehr. Alles ist verseucht und fühlt sich an wie ein letztes Mal. Auch wenn du nicht an die Drohung glaubst, ist sie trotzdem da. Du kannst nie darüber lachen. Alexandre hat Sie an der Nase herumgeführt, wie er es schon ein Leben lang mit uns macht. Das ist seine Art, sich lieben zu lassen, durch Panik und Angst. Warum wollen Sie ihn wiedersehen?«

»Er soll mir erklären, was er getan hat.«

»Oh, das kann ich Ihnen auch erklären. Das ist einfacher, und Sie sparen Zeit. Als Teenager wollte er Schauspieler werden. Meine Mutter hat ihn in der Schule zu einem Theaterkurs angemeldet. Am Abend der Jahresendaufführung ist er nicht gekommen. Genau wie in Lissabon. Er hatte schon vorher mit Selbstmord gedroht, deswegen dachten wir alle, er wäre in die Seine oder von einem Dach gesprungen. Nichts dergleichen! Meine Mutter fand ihn in seinem Zimmer. Er lag auf seinem Bett und hörte Musik. Das ist wie bei seinem Buch über Méliès, das er niemals beenden wird. Er macht die Leute an und geht. Sobald er weiß, dass er jemanden verführt hat, langweilt er sich. Es macht ihm keinen Spaß mehr, und er taucht ab.«

Während sie ihren Faden abspulte, war Émilies Gesicht puterrot geworden. Sie war nicht mehr zu bremsen. Manchmal rutschte ihre Stimme weg, als zwinge sie sich, nicht zu schreien.

»Er hat uns alle ausgenutzt und verbraucht. Es gibt Menschen, die nichts lieben und aus ihrem Leben eine ewige Einöde machen. Bei ihm ist es anders. Überall, wo er vorbeikommt, entzündet er Feuer, dann zischt er ab und scheißt auf den Brand, der alles zerstören wird. Das ist zum Kotzen. Auf die Weise hat er unseren Vater getötet. Er hat ihn fertiggemacht. Der arme Mann wurde tausendmal enttäuscht. Trotzdem hat er weiter an ihn geglaubt, bis zum Ende. Das ist Alexandres Talent. Er lässt die Hoffnung immer wieder auferstehen. Darauf verwendet er seine ganze Energie. Und dann geht er.«

Ich erklärte ihr, dass ich vorhätte, in London ihre Mutter zu besuchen. Plötzlich wurde sie ganz steif, löste die Arme voneinander und klammerte sich am Rand der Kommode fest.

»Tun Sie das nicht! Lassen Sie es gut sein. Sie müssen sich etwas anderes suchen. Vergessen. Bei Alexandre ist das die einzig mögliche Haltung. Das hat nichts mit Ihnen zu tun. Und lassen Sie meine Mutter aus dem Spiel. Sie hat im Alter ihr Glück gefunden. Sie wird Ihnen das Gleiche sagen wie ich und vielleicht noch ein bisschen von dem Dreck hinzufügen, den Alexandre am Stecken hat. Und dann? Er ist krank. Kennt weder Gott noch Gebot. Es gibt kein Geheimnis. Wir pfeifen drauf, okay?«

»Nein, wir pfeifen nicht drauf. Er hat mir eine Demütigung eingebrockt, für die ich noch lange büßen werde, denn in meinen Kreisen wird dir nichts geschenkt, wenn du einmal patzt. Und das soll er wissen.«

»Das ist zwecklos. Man kann jemanden nicht ändern, der an nichts hängt. Man kriegt ihn nicht zu fassen. Er ist wie ein schwerer Koffer, dem der Griff fehlt, an dem man ihn hochheben könnte.«

»Ich will wissen, was in dem Koffer ist.«

»Sie sind ein komischer Mensch.«

Émilie drehte den Kopf zur Tür, zum Licht der Straße, in ihrem Blick schwirrten tausende Gedanken, die ihre Iris zittern ließen.

»Aber warum eigentlich nicht? Niemand hat sich je die Mühe gemacht, ihm hinterherzurennen und nicht lockerzulassen, um ihn seine Schulden zahlen zu lassen. Sie finden ihn in London. Aber ich bitte Sie, halten Sie meine Mutter da raus.«

Auf der Straße wurde mir so schwindlig, dass ich mich auf eine Bank am Metroeingang setzen musste. Mein Gespräch mit Émilie Lanier hatte mich aus der Bahn geworfen. Es war ihr fast gelungen, mich zum Aufgeben zu überreden. Warum sollte ich schließlich meine Zeit damit vergeuden, einen verdammten Loser zu suchen, der sein Leben lang nichts anderes getan hatte, als Verzweiflung zu verbreiten und sich als Selbstmordkandidat zu präsentieren? Ich dachte an meinen Vater, der wenigstens den Mumm gehabt hatte, den Worten die Tat folgen zu lassen. Außerdem hatte ich schon ein neues Stück im Kopf und dazu meinen wunderbaren Robert, der an den Umrissen meiner nächsten Marionette feilte, Kinder, die mich beglückten, einen Ehemann, der herumflatterte, aber immer wieder auf seine alte Blume zurückkehrte, eine Schwester, die ich liebte, und Clara, Paul und Annetta, die sich auf mich verließen. Ich musste einen Schlussstrich unter die Sache Lanier ziehen, mich anderen Dingen zuwenden, die Kränkung und die Angst vergessen, die mich gelähmt hatten, bevor ich Théodoras Selbstmord vollzogen hatte.

Ich verbringe meine Tage nicht damit, mich zu analysieren. Meine Marionetten erben alles, was mich verletzt. Sie ernähren sich davon. Aber dort, allein auf der Bank und ohne meine Puppen, kamen mir Sätze in den Sinn, die meine Wut endgültig hinwegfegten. Mein unkontrollierter, verheerender Hass war ein raffinierter Trick gewesen, um mich von jeder Verantwortung freizusprechen. Wie ein Zauberer, der unsere Aufmerksamkeit mit einem Redeschwall von seinen gezinkten Karten ablenkt. In dieser Geschichte gab es kein Gut und Böse. Alexandre hatte mich verraten, weil ich ihm die Chance geboten hatte, es zu tun. Zum ersten Mal seit dem Tod meines Vaters hatte ich mir die Schwäche erlaubt, mich auf jemanden zu verlassen. Wie mein Vater dreißig Jahre zuvor hatte sich mein Erzähler in Luft aufgelöst und das gleiche entsetzliche Schweigen hinter sich zurückgelassen. Ich konnte Alexandre nicht für diese traurige Wiederholung verantwortlich machen.

In der Metro lächelte ich eine Frau an, die neben mir saß. Mein Lächeln galt nicht ihr. Ich dachte an unsere Schwachstellen und unsere geheimen Wunden, an die unsichtbare Last, die jeder mit sich herumschleppt und von der wir träumen, dass andere sie an unserer Stelle tragen. Ich dachte auch an meine Schwächen und an die von Alexandre, dem ich in London ohne Waffen und mit demselben Lächeln entgegentreten würde. Der Hass, der wochenlang in mir gewütet hatte, das war nicht ich, und ich war erleichtert, mich seiner entledigt zu haben. Man stellt sich immer vor, dass das Chaos auch unsere Schwachstellen, unseren Schmerz und unser Versagen hinwegfegen wird. Aber die Aussicht auf einen Krieg, der alles mit sich reißt, ist eine falsche Freude, und die Begeisterung für das Schlimmste ist eine Illusion.

Seit Philippes Rückkehr aus Bangkok betrachteten uns die Kinder mit großer, fast schon komischer Eindringlichkeit, auf der Suche nach Indizien, die sie kommentierten, sobald wir ihnen den Rücken zuwandten. Louis und Véga wissen immer genau, woran sie bei uns sind. Ihr Instinkt verblüfft mich. Es ist unmöglich, ihnen irgendetwas zu verheimlichen. Sie benutzen das, was bei anderen passiert, um dem, was sie bei uns sehen, einen Sinn zu geben. Meine schlechte Laune erinnerte sie an das unvermeidliche Ärgernis, die drohende Scheidung, die über jedem Kind des 21. Jahrhunderts schwebt. Was stellten sie sich wohl vor, als wir ihnen unsere Reise nach London und den nächsten Besuch bei ihrer Tante ankündigten? Ich fragte mich, ob sie den Schock einer Scheidung verkraften würden. Ich dachte, wenn wir uns trennten, würden wir in ihren Augen jede Glaubwürdigkeit verlieren. Wir würden zu zwei unzuverlässigen, unerwachsenen Erwachsenen werden, denen sie zu Unrecht vertraut hatten. Das wollte ich nicht, und Philippe offenkundig auch nicht.

14

Ich bin oft in England, um meine Stücke zu spielen. Die Londoner Szene ist umwerfend. Ich bin neidisch auf den Humor, den Erfindungsreichtum und die unwiderstehliche Mischung der Genres, die das britische Puppentheater prägen. Edward Gordon Craig, mein geistiger Vater, ist in dem Land geboren, das mich immer wieder inspiriert. Aber diesmal fuhr ich nicht nach London, um dieselbe Luft wie meine Idole zu atmen. Ich fuhr hin, um meinen Erzähler wiederzufinden und Marthe Wilkins zu treffen. Ich hatte Émilie nichts versprochen und hatte keineswegs die Absicht, die alte Dame zu schonen, von der ich mir eine erbärmliche Vorstellung machte. Ich schwankte zwischen einer eiskalten Dame, die kleinlich ihre Zähler ablas, wenn sie nach Paris kam, und einer übergriffigen Mutter, die ihren Sohn halb verrückt gemacht hatte. Auf jeden Fall eine unangenehme Frau.

Eigentlich wollte ich im Eurostar, den wir im Morgengrauen bestiegen hatten, weiterschlafen. Aber in der Eiseskälte des Waggons konnte ich es mir nicht so gemütlich machen, wie ich es gehofft hatte. Ich hasse den morbiden Leichenhallenfrost der Klimaanlagen. Er kommt in der Natur nicht vor und entstellt die Gerüche. Wie die künstlichen Farben, die es nur gibt, weil es Plastik gibt. Philippes Munterkeit hätte mich sowieso am Schlafen gehindert. Er war begeistert von der Aussicht, das prächtige Geschmeide der Tudors und die schöne Madame Moitessier wiederzusehen, die Ingres mit ihrem Granatschmuck gemalt hatte. Auf diesem Gebiet kennt sein Wissen keine Grenzen. Während ich die Gestik meiner Zeitgenossen seziere, schaut er auf ihren Hälsen, Händen und Handgelenken nach dem Schmuck, den sie tragen. Er ist erstaunt, begeistert oder entsetzt. Er erkennt das Unechte, auch die beste Nachahmung, den geölten Smaragd mit dem verdächtigen Glanz, den genauen Ursprung eines Steins, die Qualität eines Schliffs oder einer Fassung, den Seideneffekt, den Goldanteil eines Eherings. In den Museen wird er vor den Gemälden zum Historiker, und es ist ein Vergnügen, ihm zuzuhören. Oft scharen sich in den Sälen kleine Gruppen um ihn und lauschen seinen Anekdoten. Ich schlief nicht, aber die Fahrt verging wie im Flug.

Philippe hatte ein unanständig teures Hotel in einem diskret wohlhabenden Viertel ausgesucht. Ich rechnete mit dem Schlimmsten, was seine Absichten anging, aber ich hatte Unrecht. Er hatte mir keine Geständnisse zu machen. Ich begriff, dass er Riesenschiss hatte, dass ich ihn verließ, und verzichtete großzügig darauf, es auszunutzen. Ich genoss den Augenblick. Wir zogen durch Museen und Pubs. Seine Begeisterung und seine Zweisprachigkeit blühten auch im

Gedränge der Biertresen. Philippe ist überall zu Hause und unterhält sich mit allen und jedem, ohne mich je zu vergessen. Er nötigte mich, mich an den Gesprächen zu beteiligen, was ich gern tat, weil ich beim Englischsprechen nicht stotterte. Eine Fremdsprache ist eine Verkleidung ähnlich dem Marionettenspiel, nur ohne Puppenbühne und ohne Hände.

Es war unser letzter Tag in London, und Philippe wollte eine Runde durch die Juwelierläden machen. Endlich allein, beschloss ich, zu den Wilkins' zu gehen. Ich wusste jetzt, was ich Alexandre sagen würde. Ich hatte nicht mehr die geringste Lust, den großen Rächer zu spielen. Stattdessen würde ich ihm helfen, aus seiner Spirale des Scheiterns herauszukommen. Mich deprimierte die Vorstellung, dass dieser Mann hier oder anderswo sein Leben lang weiterhin seinen nahen Tod vorhersagen und mit seinen Ängsten spielen würde. Und da war noch etwas anderes. Manche Menschen zwingen uns dazu, sie zu vermissen, wenn sie einmal in unser Leben getreten sind. Auch nachdem ich das Hassgefühl los war, das mich an ihn gebunden hatte, war es mir fast unerträglich, Alexandre irgendwo zu wissen, wo ich nicht war. Er gehörte jetzt zu meinem Leben. Ich wollte ihn nicht mehr im Bernstein einschließen wie die Spinne aus meinem Albtraum, ich wollte ihn leben sehen, sprechen hören, auf der Bühne auftreten lassen, schwankender Riese und tragische Figur, zum traurigen Los des Verlierers verdammt, in einer Welt, die sich nicht die Zeit nahm, auf ihn zu warten.

Die Wilkins bewohnen in einer abschüssigen Straße eins jener Kolonnadenhäuser, die nach jahrzehntelangem Leerstand zu den offiziellen Palästen der reichen Londoner geworden sind. Hinter dem Erkerfenster schaukelte ein Theaterlüster wie eine Facettenkugel. Émilies Entsetzen, als ich ihr mein Vorhaben angekündigt hatte, ihre Mutter zu besuchen, hatte mich doch beeindruckt, und ich fürchtete eine Taktlosigkeit zu begehen. Rücksichtslos wie ein Einbrecher in eine Familie einzudringen, gefiel mir nur halb. Ich lehnte ein Stück entfernt am Kofferraum eines Autos und rang mit meiner Unentschlossenheit. Plötzlich öffnete sich die Haustür, und ein betagtes Paar kam heraus. Sie gingen mit langsamen Schritten auf dem Bürgersteig an mir vorbei, ohne mich zu bemerken. Alexandres Mutter war eine kleine, sehr hübsche Frau, leicht schwingend wie ein Akazienzweig in der Morgenluft. Der Mann, der sie begleitete, schien seine schützenden Fittiche über ihr auszubreiten. Sie waren beschäftigt und fröhlich. Glückliche Menschen sind entwaffnend, und ich hatte nicht den Mut, das sorglose Paar zu stören. Ich wollte gerade aufgeben, als sich eine vertraute Gestalt dem Haus näherte. Die Hände in den Taschen, schickte sich Alexandre Lanier an, die Treppen zur Haustür hinaufzugehen.

In einer Sekunde war ich neben ihm. Neben der Überraschung blitzte in seinem Blick die Panik auf, die er unablässig hinter einer Vielzahl raffinierter Listen zu verbergen sucht. Ich sah den ertappten kleinen Jungen mit der Hand im Portemonnaie seiner Mutter. Den Lügner, der sich verstrickt, den Schauspieler, der sich davonstiehlt, bevor der Vorhang aufgeht. Gleich darauf kehrte das Lächeln in sein rundes Plastikpuppengesicht zurück. Wortlos öffnete er die

Tür, und ich folgte ihm ins Haus. Während er im Flur vor mir herging, hatte ich das gruselige und ganz unerwartete Gefühl, hinter einem Greis herzulaufen. Alexandre hatte seinen Hochmut verloren, seine Gestalt war die eines geschlagenen Mannes. Unsere Körper sprechen anders über uns, sie spielen ihre eigene Partitur. An jenem Tag, in seinen Mantelpanzer geschnürt, strafte Alexandres gebeugter Rücken seinen Anspruch auf Unbesiegbarkeit Lügen. Nichts steht geschrieben. Alles entscheidet sich im Augenblick, den der Augenblick zuvor nicht kennt. So waren diese paar Zentimeter hängender Schultern das Geständnis der Schwäche, auf das ich seit meiner ersten Begegnung mit diesem verschlossenen Wesen vergeblich gewartet hatte. Wir setzten uns einander gegenüber unter den Diamantenlüster.

»Die Zeit hat für Sie gearbeitet, Alexandre. Noch nie im Leben habe ich jemanden so sehr gehasst wie Sie. Aber heute ist es anders. Ich sehe Sie, ich höre Ihre Stimme, und alles wird einfach. Sie müssen wieder auf die Bühne«, sagte ich ohne zu stottern, mit leiser Stimme, als spräche ich zu einem Genesenden. Ich fühlte mich eigenartig entspannt. »Sie werden nach Paris zurückkommen, und wir werden uns zusammen wieder an die Arbeit machen. Ich arbeite an einem neuen Stück, ohne Théodora.«

»Warum wollen Sie ein zweites Mal so ein Risiko eingehen?«

»Weil ich Unordnung und Unzuverlässigkeit nicht ertrage. Was ich mache, ist eine ernste Angelegenheit. Und ich habe den Ehrgeiz, Ihnen zu beweisen, dass man in meiner Welt besser lebt als in Ihrer. Sie haben Talent. Das ist ziemlich lästig, was? Denn das Talent hat einen Sinn. Es ist eine Mission, ein Befehl der Natur, ihr zurückzugeben, was sie uns geschenkt hat. Es zu ignorieren macht Sie kaputt, weil dieses Talent Sie Ihr Leben lang vergiften wird. Sie haben es schon immer in sich, und das wissen Sie. Hinter Ihrer bestens organisierten Unordnung steckt ein ganz klar bestimmter Traum. Ihre spektakulären Abgänge von der Bühne, Ihr romantisierter Zynismus, Ihre Tanzschritte, Ihr inszeniertes Geheimnis, das alles ist bereits Theater. Auf mich zu stoßen war das Schlimmste, was Ihnen passieren konnte, denn ich lasse Sie nicht davonkommen.«

Zum ersten Mal sah ich meinen Erzähler ernsthaft überlegen. Er grübelte eine Weile, dann verfinsterte sich sein Gesicht. Er presste sich an die Sessellehne, als würde er gegen heftigen Gegenwind kämpfen.

»Lassen Sie mich in Ruhe, Sie und Ihre verfluchte Puppe. Was habe ich mit Ihrem poetischen Delirium über Rotkehlchen zu schaffen, die aus Ihrem Garten verschwinden? Sie erzählen mir was von ernst, aber was ist daran ernst? Sie unterwerfen sich dieser Puppe, die alles ist, was Sie gern wären. Eine *femme fatale*, die alle Blicke auf sich zieht. Sie spielen mit dem Charme der Puppe, weil Sie selbst überhaupt keinen haben. Sie sind so steif, wie die Puppe anmutig ist. Das ist lächerlich. Ich will mit diesen Machenschaften nichts zu tun haben, sie stinken nach Ihrer Abrechnung mit der Welt.«

Ich gebe zu, dass ich erst mal baff war über diese Attacke. Ich bin nicht auf den Kopf gefallen und weiß durchaus, wie explosiv meine Beziehung zu Théodora ist. Alexandre hatte recht und unrecht zugleich. Erschaffen heißt, die Hände in die Scheiße zu stecken, da sagte er mir nichts Neues. Die ganze Arbeit des Künstlers besteht darin, ihren Gestank zu verbergen und daraus fruchtbaren Kompost zu machen, auf dem etwas Lohnendes wächst. Der Angriff war banal, aber die Worte, die Alexandre gewählt hatte, waren schrecklich verletzend. Er hatte in meiner Arbeit die Spuren meiner alten Komplexe erkannt, den Wunsch, jenseits von Théodoras perfekter Technik zu gefallen, den ich niemals offen zugeben würde. Im Salon der Wilkins' wurde aus der brillanten Marionettenspielerin die Lucie Paugham mit dem breiten Hintern und den Handwerkerhänden, die ich seit der Kindheit am Hals habe. Der Angriff war gemein, gefährlich, sexistisch.

Seit dem Beginn unseres Gesprächs hatte ich kaum gestottert. Nachdem er mich zur Kasperpuppenspielerin erniedrigt hatte, kam mein Stottern heftig und unerbittlich zurück. Unter Alexandres besorgtem Blick stammelte ich einen fast unverständlichen Satz.

»Was ist denn mit Ihnen los?«

»Ich habe lange gestottert, nach Lissabon hat es wieder angefangen. Das ist auch Ihre Schuld.«

Alexandre wand sich auf seinem Sessel, sein plötzlich sehr blasses Gesicht war verzerrt.

»Ich muss nachdenken. Ich verstehe Ihre Hartnäckigkeit nicht. Sie sind ja noch kranker als ich.«

Unser Gespräch offenbarte die Schattenseite unserer Beziehung. Je deutlicher mir das bewusst wurde, desto größer wurde meine Neugier. Ich begriff auch, dass ich seit Jahren in einer einschläfernden Bequemlichkeit lebte, die mich nicht mehr interessierte. Alexandre stürzte mich in eine Verwirrung, die mich ebenso beunruhigte wie reizte. Bei meinem letzten Versuch, ihn zu überzeugen, gelang es mir mehr schlecht als recht, nicht allzu sehr zu stammeln.

»Wenn ich Sie in einem Monat anrufe, gehen Sie ran, und ich mache Ihnen ein Angebot. Sie akzeptieren es, und wir machen uns an die Arbeit. Ihr Zynismus ist nur eine schlechte Angewohnheit, da bin ich sicher. Verabscheuen, verachten, vernachlässigen, ironisieren, drohen, fliehen, das ist Theater, wie gesagt. Sie bemühen sich vergeblich – der Saal ist leer. Ich gebe Ihnen die Chance, wieder ins Licht zu treten. Und Sie werden sehen, das Licht ist warm. Es ist aufregend. Das große schwarze Loch, das Publikum im Halbdunkel ist nicht der Richter, vor dem Sie sich fürchten. Es erwartet von Ihnen Antworten, die Sie ihm nicht geben werden, aber Sie schenken ihm etwas anderes. Eine Überraschung. Eine wunderbare Überraschung, getragen von Ihrer großartigen Stimme. Ihre Modulation, ihr ganz besonderer Rhythmus, ihre Vibrationen, ihr Höhlenecho werden die Zuschauer ebenso berühren, wie sie mich berührt haben. Wenn Sie von der Bühne gehen, werden Sie das Gefühl haben, in einem Kirchenchor gesungen zu haben. Sie werden sehen.«

Dann brach ich hastig auf. Ich wollte nicht, dass sich die Spannung wieder im Gewöhnlichen oder der Umschreibung verlor. Ich wollte ein Gefühl von Dringlichkeit und Schwere zurücklassen. Auch von Optimismus, weil er dringend nötig war, um den schweren Baum zu schütteln, dessen Früchte ich unbedingt ernten wollte, bevor sie am Stiel verfaulten.

Bis es dunkel war, lief ich durch London, ohne mich um

den Nieselregen zu kümmern, der das Pflaster und die Gesichter mit einer dünnen, glänzenden Schicht überzog. Ich hatte Lust zu lachen. Ich war wieder lebendig. Wir hatten endlich miteinander abgerechnet, und ich würde mich wieder an die Arbeit machen können, glücklich und heiter in meinem aufgeräumten Haus.

15

Mein neues Wohlbefinden war leider nur von kurzer Dauer. Gleich nach unserer Rückkehr aus London beorderte uns meine Schwester eher zum Abendessen, als dass sie uns einlud, während Mickey mit den Kindern ins Kino ging. Ich spürte sofort die Anklage, die gleich auf uns niedergehen würde. Wahrscheinlich hatten Antoine und Agnès ihre Plädoyers seit unserer Abreise jeden Abend geübt. Agnès kochte innerlich. Die Finger ihrer linken Hand trommelten auf dem Tisch, während die Rechte schmerzhaft ihre Schläfe knetete. Antoine hatte sein Lehrergesicht aufgesetzt, streng, aber gerecht. Ein-, zweimal pro Jahr müssen wir vor den Disziplinarausschuss. Unsere Kinder wachsen heran, sie denken mehr nach. Ihre Beschwerden werden klarer und komplexer. Ich weiß nicht, wer wem die Würmer aus der Nase gezogen hatte, sie ihrer Tante und ihrem Onkel oder umgekehrt. Auf jeden Fall waren die Ermittlungen über meine und Philippes Tauglichkeit weit fortgeschritten.

Der Befund wog schwer: In den letzten sechs Monaten hätten Louis und Véga mehr Zeit bei meiner Schwester als zu Hause verbracht. Das war mir gar nicht aufgefallen. Hinzu kam, dass Louis' Noten in Französisch und Geschichte im freien Fall seien und Véga sich in ihrem Abschlussjahr in eine bedenkliche Richtung entwickle. Antoine übergab das Wort Agnès, die zum psychologischen Teil überging. Unseren Kindern gehe es nicht gut. Der Refrain war nicht neu, die Argumente schon. Häufige Schlaflosigkeit und Traurigkeit bei Louis, Essstörungen und die Drohung einer Tätowierung bei Véga.

Ich verteidigte uns, allein. In dieser Situation verliert Philippe viel von seinem Elan, plötzlich fehlen ihm die Worte. Waren wir schlechte Eltern? Nein. Wir waren gute Eltern, die nicht genug Zeit hatten. Gereizt von meinem Stottern, versuchten alle, meine Sätze zu beenden. Die Kakophonie schlug in Wut und schließlich Geschrei von allen Seiten um. Philippe regte Agnès besonders auf, weil er sie ständig bat, »genauer« zu werden. Ich dachte, sie würde mir ihren Cheesecake ins Gesicht werfen, als ich sagte, die Lösung sei wohl, dass wir den Beruf wechselten. Sobald ich dieses Thema anspreche, flammt Agnès' alte Eifersucht auf. Die Küche hat sie gerettet, aber sie wird es mir bis zu meiner letzten Stunde übelnehmen, dass ich unseren Vater während unserer ganzen Kindheit mit meinen Marionetten eingewickelt habe. Das ist eine Partie, die sich nicht wiederholen lässt. Ich kann nichts dafür, und nichts von dem, was ich tue, um meiner Schwester zu gefallen, wird je etwas daran ändern. Sie ist der Liebling ihrer Mutter, aber das ist ihr schnuppe.

Dreißig Jahre nach seinem Tod fehlt ihr immer noch die Anerkennung unseres Vaters. Ich bin überzeugt, dass jedes Mal, wenn ihr Restaurant voll ist oder eine Eloge in der Gastropresse erscheint, ihr Glück unvollkommen bleibt, weil unser Vater nicht da ist, um ihr zu gratulieren. Ich weigere mich, für ein Verbrechen zu zahlen, das ich nicht begangen habe. Mich stottern zu hören, hätte sie an die Vorgeschichte der Marionetten erinnern müssen, aber wenn sie ausrastet, kann sie nur noch lauter brüllen als die anderen, wie ein tödlich verletztes Tier. Bei ihr landet man immer wieder am Ausgangspunkt, in unserer Kindheit.

Auch an jenem Abend verloren wir Louis und Véga aus den Augen, wurden Antoine und Philippe zu Statisten bei der Konfrontation der Paugham-Schwestern. Als Nächstes brachte Agnès meine Mutter aufs Tapet, ihren unschlagbaren Joker, mit dem sie meine Nachlässigkeit als Mutter noch um die einer undankbaren und egoistischen Tochter ergänzte. Ich glaube, wir hätten uns irgendwann geprügelt, hätte nicht Philippe mit der Faust auf den Tisch geschlagen. Er liebt zwar Agnès' Verschrobenheit, aber er erträgt es nicht, wenn sie mich zu heftig angeht. Diesmal ließ sich Agnès nicht beruhigen. Außer sich vor Wut hielt sie Philippe sein einwöchiges Schweigen in Bangkok vor. Ich denke oft, dass Agnès Bescheid weiß. Ich habe keine Ahnung, wie sie hinter den Deal zwischen Philippe und mir gekommen ist, aber ich bin fast sicher, sie weiß, dass er mich betrügt. Agnès ist eine Besorgte, die sich sorgt, anstatt verstehen zu wollen. Ihre Intelligenz verliert sich in Ängsten, die an Aberglauben grenzen. Auf dem Höhepunkt der Gereiztheit drehte sie völlig durch und verkündete, mein Vater hätte sich wegen einer hoffnungslosen Liebesgeschichte mit einer anderen Frau umgebracht. Ich sprang auf.

»Mit wem? Wer hat dir das erzählt?«

»Das sage ich dir nicht!«

»Das denkst du dir aus!«

Ich bedrängte sie nicht länger. Philippe saß wie erstarrt neben mir, wir mussten dringend aufhören, mit der Wahrheit zu flirten. Unsere wacklige Beziehung war unser Problem, nicht ihres. Meine Eltern in die Geschichte reinzuziehen war so finster, Agnès' Verrücktheit so beunruhigend, dass mir plötzlich der Cheesecake mitsamt der Blaubeerglasur hochkam. Ich rannte zur Toilette und übergab mich. Dort blieb ich eine Weile, bis sich die Stimmen beruhigten. Als ich zurückkam, waren Louis, Véga und Mickey da. Agnès, Antoine und Philippe unterhielten sich normal und setzten für die Kinder ganz harmlose Mienen auf. Der Abend endete ohne weitere Zwischenfälle. Nur Sherlock Holmes und ich waren imstande, im leichten Zittern von Agnès' Händen, in Antoines müder Diktion und in Philippes wiederholtem Gähnen zu lesen, dass der Abend ein Drama gewesen war.

Am nächsten Morgen fuhr Philippe für ein paar Tage nach Antwerpen, ohne sich von mir zu verabschieden. Nach einem Krach mit meiner Schwester fühle ich mich immer mies, weil ich weiß, dass Philippe überfordert ist, wenn wir uns in die Haare kriegen. Er kommt aus einer sehr gedämpften Familie. Bei ihm wurden die Kinder ab der fünften Klasse ins Internat gesteckt, zur Wiedergutmachung fuhr man mit ihnen in unvergessliche Ferien in der Sonne oder in den Bergen. Alles war klar, organisiert, ohne Selbstmorde und ohne Geschrei. Seine Kindheit war nicht glücklich gewesen, aber sie hatte den Vorteil, dass sie niemals belastend gewesen war. Er sieht seinen Bruder und seine Schwester zwei-, dreimal im Jahr und besucht seine Eltern in Nizza, wenn alles andere erledigt ist. Ohne Agnès' wilde Psychoanalyse könnte ich ebenso unbeeinträchtigt leben. Das weiß sie, und das nutzt sie aus.

An jenem Abend hatte sie mir unvorsichtigerweise ein Bild in den Kopf gesetzt, das ich seither nicht mehr loswerde. Das Bild meines verliebten Vaters, der mir aus der Kulisse verstohlen zuzwinkert. Nachdem die Kinder in die Schule gegangen waren, hatte ich das Gefühl, trotzdem nicht allein im Haus zu sein. Eine lächelnde, schlaksige, etwas marionettenhafte Gestalt folgte mir überallhin, mein Vater.

Ich setzte mich an meinen Schreibtisch und fing zum ersten Mal an, zu Hause zu schreiben. Da die Kinder mich brauchten, konnte ich nicht aufs Land flüchten, um zu arbeiten. Ohnehin drängten die Worte so sehr aus mir heraus, dass ich nicht einmal Zeit gehabt hätte, einen Koffer zu packen, auf einem Bahnsteig zu warten und zwei Stunden im Zug zu sitzen, ehe ich loslegte.

Ich schreibe meist mühelos, aber dann überarbeite ich monatelang. Diesmal kam mein Text fix und fertig heraus, ein Wunder der Schöpfung. Am Abend des ersten Tages hatte ich schon zwanzig perfekte Seiten. Ich hatte Alexandres Stimme im Ohr, die sie vorlas, und mein neues Geschöpf bewegte sich vor meinen Augen. Ich rief Robert an, der mir zu meiner großen Überraschung anbot, mir die neue Marionette zu bringen. Robert kommt nie nach Paris. Wenn ich mich recht erinnere, war er seit Louis' Geburt nicht mehr hier. Er hasst die Hauptstadt, findet, dass sie stinkt, dass die Leute abstoßend sind, nicht sehr originell. Ich war gerührt, dass er die Mühe auf sich nehmen wollte, und freute mich für die Kinder, die ihn lieben.

Meine Arbeit ging gut voran. Die Klippen des Abends verschwanden über Nacht. Ich schrieb mein persönlichstes Stück. Ich versuchte, den Kindern mehr Zeit zu widmen. Ich stellte fest, dass es ihnen gar nicht so schlecht ging. Ja, Véga hatte ein schwieriges Verhältnis zum Essen, aber sie nahm nicht ab. Und Louis' Durchhänger in der Schule war sicher nur vorübergehend. Agnès hatte sich seit unserem Streit nicht mehr gemeldet. Da wir beide eine Entschuldigung der anderen erwarteten, würde es wohl ein bis zwei Wochen dauern, bevor sie oder ich schließlich nachgaben. Eines Abends rief mich Annetta an. Sie schien mir nicht böse zu sein, dass ich sie mit meiner überstürzten Abreise aus Lissabon einfach im Stich gelassen hatte. Sie erzählte mir, dass sich alle um mich sorgten. Während ich im Landhaus war, hatte ich zahlreiche Nachrichten von meinen Puppenspielerfreunden erhalten, auf die ich nicht geantwortet hatte. Bevor sie auflegte, schlug sie mir vor, mit Kristof Pospisil und Dominique André essen zu gehen. Ich sagte zu.

Jeden Tag griff ich zwei-, dreimal nach dem Telefon, um Alexandre anzurufen. Aber ich gab der Versuchung nicht nach. Ich musste ihn überlegen und reifen lassen. Ich war überzeugt, dass meine Rede ins Schwarze getroffen hatte, und stellte ihn mir in dem großen Haus in London vor, wie er in einer Unentschlossenheit, die meinen Plänen zugutekam, Gleitschritte von einem Zimmer ins andere machte. Ich empfand keinen Hass und keinen Groll mehr. Wie ein Fluss, dessen Lauf man umleitet, hatte meine Entschlossenheit ihre Richtung verändert. Niemand wusste von meinem Plan, ihn zurückzuholen. Keine Kritik, kein Vorbehalt durfte meine Absicht durchkreuzen. Sowieso entscheide ich allein. Mein Stottern war verschwunden. Ich hatte das komische Gefühl, es mit dem Cheesecake in die Toilette meiner Schwester gespuckt zu haben.

Annetta und Dominique begrüßten mich lächelnd und herzlich, mit gewollter Begeisterung. Kristof Pospisil drückte mich an sich, als wäre ich von den Toten zurückgekehrt. Im Unterschied zu Dominique, der immer ruhig und gedämpft ist, steht Kristof auch im Alltag auf der Bühne. Er ist brillant und der unangefochtene König der Handpuppen. Sein Humor im Leben ist die genaue Gegenseite seiner Schwärze im Theater. Er ist der hinreißendste Mann, den ich kenne. Ich freute mich, meine Freunde wiederzusehen. Eine Zeit lang umgingen wir mein Scheitern und beschränkten uns auf Allgemeinplätze. Ich wusste von Annetta, dass meine unterbrochene Vorstellung wie eine kalte Dusche für das ganze Festival gewesen war und es viel Gerede gegeben hatte. Die ganze Innung hatte an dem Zwischenfall Anteil genommen. Ich hatte meine Marionette getötet, das war schon etwas. War der Tod Théodoras das Ende einer Epoche? Was würde aus der großen Lucie Paugham ohne ihr Double werden? Um sich ganz harmlos dem Thema zu nähern, sprach Kristof von Lissabon und Pessoa. Es hatte ihn schockiert, das Gesicht des Dichters und seine Gestalt im weiten Mantel überall wie ein Markenlogo zu sehen.

»Pessoa auf Mauspads, Handtüchern, Magneten und Radiergummis. Welch Ironie, wenn man sich überlegt, dass dieser diskrete Mensch ›Person‹ hieß!«

Dann schimpfte er über die Touristen, die wie Kakerlaken durch die weißen Straßen von Alfama wimmeln.

»Sie sind überall. Sie machen mich zu dem Touristen, der ich nicht sein will.«

Dominique war weniger radikal, er erzählte vom englischen Friedhof, den ich gut kannte, weil ich dort viele Stunden lang vor mich hin geträumt hatte.

»Die Natur hüpft zwischen den Gräbern herum. Die Bäume runden ihr Geäst, um den Steinen Schatten zu spenden. Ein sanfter Tod. Und außerdem hast du ein wunderbares Exemplar einer lebendigen Marionette verpasst, Lucie. Ein Fin-de-Siècle-Kellner in einem Restaurant des Principe Real. Mit ganz präziser Bewegung hat er den Porto eingegossen, eine Hand an den Rücken gepresst, und dabei mit geschlossenen Augen geseufzt. Er führte zwischen den Tischen einen Salontanz auf, der dich entzückt hätte.«

Sie merkten, dass ich keine Lust auf weitere Erörterungen hatte, und wir schlossen die Akte Lissabon. Ohnehin ging das Unbehagen nicht tief, denn für uns zählt die Zukunft. Ein Stück verjagt das andere, wir müssen weitergehen, nach dem Besseren streben, dem Unbekannten folgen, das wir in uns tragen und von dem wir nicht wissen, welche Form es annehmen wird. Der Künstler schafft seine eigene Spannung und setzt mit einem onanistischen Vergnügen, das ihn ständig erneuert und zerreißt, alles auf eine Karte. Das Kapitel war abgeschlossen, und alle erwarteten, dass ich ihnen von meinen Plänen erzählte. Um mich zu motivieren, erwähnte Kristof eine mögliche Reise nach Japan. Dominique hatte erst mal genug von Spezialeffekten und dachte an die Rückkehr zu seinen Marionetten.

»Und du?«, fragte Annetta vorsichtig.

»Ich habe Théodora in einen langen Schlaf versetzt und arbeite mit Robert an einer neuen Marionette.«

Meine drei Freunde hingen mit einer Mischung aus Besorgnis und Aufregung an meinen Lippen, wie Kinder, vor denen sich die Tür zum verbotenen Zimmer Blaubarts öffnet. Besorgnis, weil eine gefundene Idee immer eine Idee weniger für die anderen ist und es nicht unendlich viele gibt. Die Aufregung war die von Kreativen unter sich, alle verliebt in die nie dagewesene Schönheit, von der jeder seinen Anteil bekommt.

»Ich werde von meiner Kindheit erzählen. Das habe ich bisher nie getan, weil sie mich nicht interessierte. Aber alles ändert sich, oder? Aus meiner Kindheit ist ein strahlender, warmer Punkt geworden, um den ich mich jetzt wie ein Kreisel drehe. Eine Reihe von Zufällen hat mich begreifen lassen, dass der Moment gekommen ist, mich ihr zuzuwenden.«

»Lucie, jeden Künstler zieht es unweigerlich zu dem, was ihn in der Kindheit begeistert hat«, sagte Kristof.

»Oder gebrochen«, fügte Dominique hinzu. »Wie konntest du bis heute darauf verzichten?«

»Natürlich habe ich aus meiner Kindheit geschöpft. Aber ich habe sie nie zum Ereignis gemacht.«

»Ist das schwierig?«, fragte Annetta, die die traurige Geschichte meiner Familie kennt.

»Nein. Ich will keine Gräte ausspucken, die mir quer in der Kehle sitzt. Ich bin gelassen. Ich leide nicht. Es wird mir nicht besser oder schlechter gehen, wenn ich diese Zeitreise beendet habe. Ich werde ihr einfach eine Form gegeben haben. Und vor allem Gesten. Ich werde dich brauchen, Dominique. Für technische Tipps wegen bestimmter Spezialeffekte, die ich einsetzen will.«

Kristof lachte schallend.

»Lucie Paugham hat sich verwandelt! Großartig!«, rief er und applaudierte. »Endlich betrittst du das 21. Jahrhundert! Mit Spezialeffekten und einer neuen Marionette. Das ist wunderbar, Lucie! Ja! Lasst uns die Spuren verwischen, lasst uns verrückt sein, ohne Begrenzung, nicht einzuordnen, unlogisch. Lasst uns das Monster der Gewohnheit und der Bequemlichkeit im Gewirr der Nuancen, des Unklaren und des Unbeherrschbaren abschütteln! Lasst uns die Konventionen mit Details zerstören, mit der ganzen Vielfalt von Gegensätzen, die uns erfüllt!«

Kristof sprang auf und umarmte mich erneut.

»Ich liebe dich, Lucie! Théodora ist tot, aber du bist ganz lebendig. Ich bin beruhigt!«

Der Abend endete in einer Bar, wo sich meine drei Begleiter systematisch zuschütteten. Als ich nach Hause ging, war ich mit mir im Reinen. Nichts hilft so sehr dabei, den eigenen Platz in der Welt wiederzufinden, wie Freunde. So zuverlässig wie Heizlüfter in einem eisigen Zimmer erwärmten sie mein Blut und verschafften mir eine friedliche, erholsame Nacht ohne Träume.

Robert in Paris ist ein bisschen wie Gulliver bei den Liliputanern. Anachronistisch, grotesk und verletzlich, ohne zu spüren, dass auf seiner Stirn das Wort »Provinz« blinkt. Ich lief hinter ihm und beobachtete seinen großen, von meinen Kindern eingerahmten Körper. In dieser Stadt, die nichts von seiner Größe weiß, ist der König der Wälder niemand mehr. Er war am Vorabend angekommen, in seinem Lieferwagen meine neue Marionette und drei kostbare Kartons, die er auf meine Bitte heimlich aus der Garage meiner Mutter geholt hatte, während sie auf dem Markt war.

Louis und Véga wollten unbedingt sofort Théodoras Nachfolger sehen. Er war ein Neuankömmling in der Familie, und sie wollten seine ersten Schritte miterleben. Als sie das strahlend weiße Holzding erblickten, nicht dicker als ein Blatt Papier, waren sie sehr überrascht. Ich testete sein Gewicht und seine Größe. Mit dem Kreuz in der Hand spannte ich die Fäden, es erhob sich vom Boden und streckte sich langsam. Mit offenem Mund warteten Louis und Véga auf die Geburt dieses neuen Wesens. Meine Marionette testete Glied für Glied ihre Beweglichkeit. Die Gelenke funktionierten wunderbar. Sie machte kleine Schritte, dann hob sie den Kopf zu mir, um mir ihre Zufriedenheit mitzuteilen. Wir würden uns wunderbar verstehen. Schon liebte ich ihren Charakter, und sie schien mich ebenso zu schätzen. Ich würde mich der Tyrannei einer neuen Persönlichkeit unterwerfen und freute mich darauf. Wir tanzten ein stummes, zartes *Pas de deux*, das auf großen Beifall stieß.

»Danke, Robert. Sie ist perfekt. Er ist perfekt.«

»Ist das ein Mann?«, fragte Véga.

»Ja. Das ist dein Großvater.«

Diesmal gab Agnès als Erste nach. Sie rief an, um zu fragen, wie es mir geht. Unser Streit hinterlässt niemals sichtbare Spuren. Nach jeder Explosion geht das Leben friedlich weiter. Aber die Spuren sind da. Narben, feine Schnitte, Nähte. Ob Agnès das weiß? Vielleicht muss man gestottert haben, um sich des Gewichts jedes einzelnen Wortes bewusst zu werden, das wir aussprechen. Unser letzter Streit hatte zwei Folgen. Ich stotterte nicht mehr. Das war rätselhaft, aber ich beklagte mich nicht. Noch wichtiger war, dass Agnès endlich bereit war, sich der Frage zu stellen, die uns unausgesprochen seit dreißig Jahren quälte: Warum hatte sich unser Vater das Leben genommen? Mit der Erfindung dieser Fremdgehgeschichte, die ich nicht glaubte, erlaubte sie mir, die Frage ebenfalls und auf meine Art zu formulieren. Endlich hatte ich das Recht, auf der Bühne, mit meinen Mitteln und meiner Phantasie Hypothesen aufzustellen. Sie hatte mir immer vorgeworfen, dass ich meine Kindheit aus meinen Stücken verbannte, aber im Grunde hatte sie stets alles dafür getan, dass ich es mir verbat. Jetzt musste ich mich nicht mehr darum kümmern, sie zu schonen. Agnès ist eine wunderbare Verrückte, und das Zeitgefühl der Verrückten folgt einer eigenen Logik, der wir uns ohne Ungeduld unterwerfen müssen. Der Moment war gekommen. Sie hatte es für uns beide entschieden.

16

Agnès und Robert hatten eine so leidenschaftliche Affäre, dass meine Mutter und Roberts Eltern nicht mehr schlafen konnten. Das war zu der Zeit, als meine Schwester durchdrehte. Und Robert gerade den Buddhismus entdeckte. Der Cocktail aus der Verrücktheit der einen und den mystischen Ambitionen des anderen war ziemlich explosiv. Nachdem meine Mutter und meine Tanten Agnès fast gewaltsam von ihrem Geliebten getrennt hatten, war sie lange in einer Klinik verschwunden. Robert hatte sich mit seinem Vater, Tischler wie er, auf Wanderschaft durch Savoyen begeben. So hatten die anderen und die Zeit ihre verrücktesten Pläne umprogrammiert. Da Agnès später nach Paris ging und Robert in unserem Dorf blieb, hätten sie sich ohne mich aus den Augen verloren. Seitdem ich das Landhaus habe, treffen sie sich von Zeit zu Zeit. Agnès erkundigt sich oft nach ihm, aber was ich ihr erzähle, reicht ihr nie aus.

Agnès lässt mich mit verbundenen Augen auf rohen Eiern

laufen. Das ist akrobatisch und anstrengend, und es wird sich niemals ändern. Die Eier sind die diversen Tabus, die unsere Beziehung einengen. Das sind mein Vater, meine Mutter, Robert und meine Kinder und schließlich ihre Ehe mit Antoine. Sie spricht nie darüber. Die beiden bilden ein rätselhaftes Paar, über das man von einem Tag zum anderen gegensätzliche Vermutungen anstellen kann. Manchmal glaube ich, dass Antoine leidet, dann wieder kommt mir Agnès wie das Opfer vor. Warum haben sie keine Kinder? Sind sie glücklich? Teilen sie, wie Philippe und ich, ein finsteres Geheimnis, das auf ihnen lastet? Ich horche Louis und Véga aus, aber was ich in Erfahrung bringe, kommt aus ihrer Perspektive und ist nie genug, um meine Neugier zu befriedigen. Philippe hält Antoine für einen Heiligen. Ich bin nicht seiner Meinung. Er ist ein sanfter und langweiliger Mensch, der sich mit Agnès aphrodisische Aufenthalte in Wahnsinnland gönnt. Aber auch da bin ich mir überhaupt nicht sicher. Zu behaupten, dass er sie beruhigt und sie ihn aufweckt, wäre eine übertriebene Vereinfachung. Meine Theorie ist, dass wir zwei Schwestern sind, die an einem Juniabend ihren Vater an einem Strick in der Dunkelheit einer Garage haben hängen sehen. Glücklich oder nicht, völlig verrückt oder nur halb verrückt, Agnès ist mutig. Robert ist ihre Chimäre, Antoine die Schraube, die ihr fehlt. Vielleicht. In einem bin ich mir jedenfalls sicher. Sie wird Antoine ebenso wenig verlassen wie ich Philippe. Sie schützen uns voreinander und vor der Vergangenheit, die Agnès und mich verbindet.

Als Agnès und Antoine hereinschneiten, um Frieden zu machen, wussten sie nicht, dass Robert da war. Die Reaktion auf eine Überraschung ist bei allen gleich. Der Körper erstarrt, um dem Kopf Zeit zu geben, zu überlegen und zu entscheiden. Wie die Träumerei, der Schlaf, höchste Konzentration und der Tod fällt auch die Überraschung aus der Zeit, denn Zeit ist Bewegung. Als Agnès und Robert unvorbereitet in einem Raum aufeinandertrafen, verließen sie für einen Augenblick unser Zeitsystem. Ein paar Herzschläge später fingen ihre auf die Welt zurückgekehrten Körper wieder an, sich im Wohnzimmer zu bewegen. Die Farbe kehrte auf die Wangen meiner Schwester zurück, und Robert sagte ihr mit fast normaler Stimme guten Tag. Ich glaube, Antoine weiß nicht mal, dass seine Frau und Robert verrückt nacheinander waren. Ich habe Philippe jedenfalls nie davon erzählt. Ich bin ihr stummer Zeuge und leide mit ihnen. Wenn sie sich treffen, oft in Abständen von mehreren Jahren, verfallen sie sofort wieder in die Sprache ihrer Jugend. Man denkt, sie seien im Raum, aber sie sind es nicht. Ihre Gesten, ihre Worte, ihr Schweigen sind unterschwellig. Sie verschmelzen in einer Parallelwelt, die nur ich mir vorstellen kann.

Ich habe ein paar Erinnerungen an meine kurze Affäre mit Robert. Ich sehe noch sein Zimmer vor mir und habe den Holzgeruch aus der Werkstatt seines Vaters in der Nase. Aber von unseren Umarmungen habe ich alles vergessen. Körperliche Liebe vergisst man unglaublich schnell. Das ist ein interessantes Phänomen für eine Bewegungsspezialistin wie mich. Sex ist vielleicht der einzige Moment unseres Daseins, in dem wir nicht mehr denken, der einzige Moment, in dem das Gedächtnis auf Stand-by gestellt ist. Trotzdem habe ich Robert mit meiner Schwester geteilt. Sie lehnt es strikt ab, das zu erwähnen, wenn wir über ihn sprechen. Sie will, dass es nie stattgefunden hat, und ich beuge mich dieser Forderung.

Robert ist die Nichtwahl, die aus ihr die Doppelgängerin derjenigen gemacht hat, die sie hätte sein können. Das ist tragisch. Auch wenn mein Leben nicht beispielhaft ist, habe ich doch nicht das Gefühl, es zu kopieren, so wie sie. Ich habe nie ihre Leidenschaft für einen Mann erlebt und bedauere es überhaupt nicht. Vor Volubilis habe ich mit Philippe ein paar Jahre vernünftiger Liebe erlebt. Vor ihm hatte ich drei, vier Affären, die im Orkus verschwunden sind. Ich beneide Philippe nicht um sein Doppelleben. Agnès' sublimierte Liebe zu Robert bringt mich nicht zum Träumen. Ich habe immer verstreut geliebt, ein bisschen hier, ein bisschen da. Was ich für meine Marionetten empfinde, ist eine Leidenschaft, die niemanden tötet.

Um den Selbstmord unseres Vaters zu verstehen, muss Agnès glauben, dass er geliebt hat, mit einer Liebe wie der, die sie für Robert empfunden hat. Sie hat für ihn eine Nichtwahl nach ihrem Maß gefunden. Ich hingegen war überzeugt, dass die Lösung des Rätsels woanders lag. Mein Vater liebte die Frauen, mag sein, aber auch die Dichter, die Vögel und die kandierten Früchte. Er hat sein Leben geträumt, und sein Plan war viel weitreichender und ehrgeiziger als ein banaler Seitensprung in der Dunkelheit seines Labors. Das Problem mit den Toten ist, dass man aus ihnen Spießer mit kleinlicher Seele macht. Man verpasst ihnen ein maßgeschneidertes Schicksal, weil sie uns nicht mehr widersprechen können, wie wenn ich stottere und jemand meinen Satz für mich beendet und immer danebenliegt. Ist der Künstler berufen, das Schicksal der Toten zu verwandeln?

Während Robert und Agnès in ihrem geistigen Boudoir eingeschlossen waren, sah ich Philippe auf dem Sofa dösen, eine große, welke Lilie, die rasend schnell alterte. Er war müde aus Antwerpen zurückgekommen. Sicher war die Lüge für ihn schwerer zu ertragen als für mich. Er hatte nicht nur die Verantwortung dafür, sondern musste auch noch geheimhalten, was er woanders erlebte. Ein Geheimnis ist eine Last, die uns auf die Dauer erdrückt. Philippe arbeitete und reiste immer mehr. Stand hinter dieser Hektik der schwer zu befriedigende Anspruch einer anderen Frau, die Exklusivität verlangte? Sieh zu, wie du klarkommst, Philippe, dachte ich und lächelte ihm aus der anderen Ecke des Zimmers zu.

Ich fühlte mich gut. Am Nachmittag hatte ich eine SMS von Alexandre erhalten. Er teilte mir mit, er sei bereit, wieder mit mir zu arbeiten, egal welchen Text ich ihm geben würde. Ich empfand eine gedämpfte Erregung. Seine Nachricht war die Verheißung eines möglichen Glücks.

Der Abend verlief ohne Zwischenfälle. Dennoch hinterließ er bei mir einen seltsamen Eindruck. Die Gespräche waren zusammenhanglos, jeder schien einer mysteriösen Logik folgend mit sich selbst zu reden.

»Ein bisschen Animismus würde uns sehr guttun!«

Robert, der König im Exil, hatte seine Erhabenheit wiedergefunden. Wir sprachen über Biolebensmittel und das Leben auf dem Land, dessen unermüdlicher Verfechter er ist.

»Ich finde, dass man in Bioläden nie gut bedient wird. Darüber hat sich schon Kafka beklagt«, sagte Antoine gelassen und schlagfertig wie immer.

Agnès war der Meinung, dass die Frauen die großen Gewinnerinnen des Fortschritts seien und in einer Welt ohne Wachstum alles zu verlieren hätten.

Ich hörte ihnen kaum zu. Ich dachte an meine Arbeit. Meine Hände ließen die Fäden meines neuen Geschöpfes tanzen, und ich hörte Alexandre den Text sprechen, mit dessen Redaktion ich fast fertig war.

»Ich will keine Fotos mehr sehen!«, verkündete Agnès plötzlich mit dem Pathos einer Tragödin. »Ich habe sie aus meinem Leben verbannt. Sie nehmen meine Erinnerung in Geiselhaft, und ich lehne es ab, mich ihrer Tyrannei zu beugen. Irgendwann haben wir gar keine Erinnerungen mehr. Dann haben wir nur noch Fotos.«

Für die Tochter eines Fotografen war das ein starkes Stück. Niemand sprach es aus, aber ich vermute, dass alle den gleichen Gedanken hatten. Agnès wusste nicht, dass ich mit Roberts Hilfe die Kisten geholt hatte, die seit dreißig Jahren in der Garage herumstanden, voll mit Abzügen und Negativen von Hunderten Hochzeitsfotos, die mein Vater gemacht hatte. Es war ein Wunder, dass meine Mutter sie behalten hatte, da sie ansonsten alles verkauft oder verschleudert hatte, was ihm gehört hatte.

Blässe bei dem einen, diffuse Röte bei dem anderen, nur die Kinder waren trotz der späten Stunde noch fit. Der nahende Abschied von Robert ließ die Angst, die man in den Augen meiner Schwester lesen konnte, zu Panik wachsen. Wann sehe ich dich wieder, mein armer, verlorener Liebster?, fragte ihr trauriges Lächeln, während er vom Frühling fern der Städte sprach. Die Männer haben eine Verankerung im Augenblick, die wir Frauen nicht kennen. Er war froh, da zu sein. Der nächste Tag war ein anderer Fall, dem er sich zu gegebener Zeit widmen würde.

Philippe schlief im Stehen. Wenn er müde wird, ist er wie ein Kind, das an Ort und Stelle einnickt. Nachdem Agnès und Antoine gegangen waren, saß ich noch lange mit Robert zusammen, wir unterhielten uns über Zugeständnisse, Malerei und die Anerkennung, auf die er wartete wie auf ein Gerichtsurteil.

17

Technisches ist nicht meine Stärke. Wahrscheinlich, weil es mich nicht interessiert. Ich bin überzeugt, dass man keine großen Sperenzchen braucht, um großes Theater zu machen. Oft wirkt die Stille auf der Bühne stärker als eine phantastische Kulisse . Das Publikum füllt das Halbdunkel mit seinen Ängsten und seinen Erwartungen. Jeder Zuschauer mit den seinen. Ich kenne meinen Ruf als Puristin. Ich bin von der alten Schule, sollen meine Gegner ruhig reden. Sie wissen nicht, dass alles, was ich mir ausdenke, keinem Prinzip, sondern der perfekten Umsetzung einer Vision dient. Ich reproduziere auf der Bühne den Traum, der mich beschäftigt, und dieser Traum ist schlicht. War schlicht gewesen. In letzter Zeit war er komplizierter geworden, also musste ich die Mittel einsetzen, mit denen ich mein Vorhaben verwirklichen konnte. Dafür bat ich Dominique André um Hilfe. Für mein neues Stück waren bestimmte Spezialeffekte unverzichtbar, um die Bilder umzusetzen, die ich im Kopf hatte.

Dominique ist ein sehr sanfter Mensch. Er spricht nicht, er flüstert. Man kann ihn sich einfach nicht wütend vorstellen, seine Stimme ist schlichtweg unfähig zum Zorn. Der junge Mann in ihm ist mit den Jahren nicht verschwunden. Er hat immer noch seine schlanke Gestalt, die poetische Ader, die anmutigen Gesten und eine Neigung zum Müßiggang, der er keineswegs nachgibt. Ich habe ihn vor fünfundzwanzig Jahren bei einem Kurs kennengelernt, bei dem wir gemeinsam mit den Fäden unserer Marionetten kämpften. Seither treffen wir uns regelmäßig. Er ist ein Mensch für Tête-à-Têtes. In der Gruppe verblasst er, und das ist schade, denn er ist der Feinfühligste unter uns, derjenige, der die besten Worte findet, wenn es um unseren Beruf geht. Wir verbrachten mehrere Stunden in meinem Atelier. Ich beschrieb ihm mein Vorhaben. Er machte Pläne, Zeichnungen. Meine Idee war machbar, ja sogar ziemlich leicht umzusetzen. Paul kam hinzu, und die beiden sprachen über die technischen Details.

Während Dominique ihm erklärte, wie er es anstellen sollte und was er an Material brauchte, zog ich mich mit den Kisten, die mir Robert mitgebracht hatte, in eine Ecke des Ateliers zurück. Ich holte Hunderte Fotos von Brautpaaren heraus, alle gleich und doch alle unterschiedlich. Ich traf eine erste Auswahl, die ich auf dem großen Tisch ausbreitete. Die Bräute werden für einen Tag zu Königinnen, aber seltsamerweise sind die Männer niemals Könige. Selbst die winzigste Frau wirkt in ihrem Brautkleid gewaltig neben ihrem kleinen Bräutigam. Die Hochzeit ist der Triumph der Frauen. Ein Triumph für ein paar Stunden, den die Fotos meines Vaters für immer festhielten. Hinter dem Blickwinkel, den er gewählt hatte, ahnte ich eine Botschaft, die ich entschlüsseln musste. Ich stellte mir vor, wie mein Vater mit Reiskörnern auf den Schultern zwischen den Gästen herumhüpfte und die richtige Einstellung suchte, damit die Braut so schön wie möglich aussah. Dann führte er die Paare in den Park neben dem Rathaus. Dort bat er sie zu posieren, Madame im Stehen, Monsieur zu ihren Füßen, Madame auf der Steinbank, Monsieur hinter ihr. Nicht zu sehr lächeln, den Kopf etwas zur Seite, Achtung, Sie treten auf Ihre Schleppe.

Als Dominique und Paul gegangen waren, blieb ich bis in die Nacht allein im Atelier. Mir war zum Weinen zumute. Ich weinte. Ich dachte an meinen Vater und auch an Agnès, die verzweifelt ist, weil wir zweimal sterben, zum ersten Mal tatsächlich und zum zweiten Mal, weil sich das Familiengedächtnis allmählich verliert und jede Generation die Erinnerungen der vorangegangenen verschleudert. Ich hatte beschlossen, meinem Vater das Privileg zu gewähren, dass er seinem zweiten Tod entging, und ich wollte meine Schwester über die Zukunft desjenigen beruhigen, der durch seinen Selbstmord niemals gealtert war. Der kleine lächelnde, lustige Mann war ein Unbekannter, den der Tod für immer geheimnisvoll bleiben ließ. Durch seinen überstürzten Abschied war alles, was ich über ihn wusste, hinfällig geworden. Die Wahrheit interessierte mich nicht. Ich scherte mich nicht um hinter einem Vorhang verborgene Frauen, eine einsame Kindheit, meine Mutter, Fakten, Erinnerungen. Nein. Ich hatte nur einen Weg, um sein Herz zu erreichen. Das war die Poesie, das waren die Vögel, die Frauen und die kandierten Früchte.

Ich machte einen kleinen Stapel mit den Fotos, die ich behalten wollte. Darunter waren die, die er am Tag vor seinem Selbstmord gemacht hatte. Die Braut war ein dickes Mädchen mit dem Dekolleté einer Diva. Auf dem Foto an der Steinbank starrte ihr Mann in grauem Anzug total verblüfft ins Objektiv. Als erwartete er vom Fotografen, dass er ihn kneift, um sich zu überzeugen, dass er nicht träumt, als sollte mein Vater ihm sagen, dass das alles kein Scherz ist.

Zu Hause schloss ich mich in meinem Arbeitszimmer ein. Ich schrieb die ganze Nacht, und am nächsten Morgen rief ich Alexandre an. Er sollte in der folgenden Woche nach Paris zurückkommen. Wir würden endlich loslegen.

18

Philippe hatte Grippe. Er hatte seine Reise nach Südafrika verschoben und schleppte sein Elend durch das Haus. Wir leben seit zwanzig Jahren zusammen, aber unsere Wohnung gleicht eher einem Transitbahnhof als dem Ort, an dem wir uns niederlassen. Während Philippe krank war und ich in meiner Schöpfungsblase steckte, imitierten wir das Leben eines normalen Paares und machten die Erfahrung großer Nähe. Wenn ihn das Fieber plagt, ist Philippe wie ein Spielzeugauto, das gegen ein Hindernis stößt und seine Batterien in vergeblichen Versuchen leert, weiterzufahren. Er konnte sich auf nichts konzentrieren, schlug immer neue Bücher auf und ließ sie auf dem Sofa liegen, schlurfte in übelster Laune durch die Wohnung. Die Fahnen seines üblichen Elans hingen auf Halbmast. Leidende Männer sind Kinder, die wollen, dass man ihnen die Hörnchennudeln kocht, die ihnen ihre Mutter immer gemacht hat. Seine Anwesenheit im Haus war nicht vorgesehen, und der eigentlich banale

Umstand, dass er da war, führte uns in ein riskantes Experiment.

In dieser eigenartigen Woche gab es Gesprächsfetzen, die alles andere als harmlos waren. Wir waren an eine Grenze gelangt, und ohne es auszusprechen, wussten wir es beide. Philippe hatte genug von seinem Nomadenleben. Ich weiß nicht, ob sich dahinter eine Liebesenttäuschung oder eine brutale Trennung verbarg, die ihn umgehauen hatte. Ich will es auch nicht wissen. Auf jeden Fall schienen mir die Frauen meinen Gatten zurückgeben zu wollen. Ich war so in meine Arbeit vertieft, dass ich diese beunruhigende Information beiseiteschob, um sie später zu analysieren. Dennoch hatte ich Mühe, meinen Ärger zu unterdrücken. Philippe hatte beschlossen, zurück nach Hause zu kommen, aber sein Timing passte nicht zu meinem.

Das Leben besteht aus Beschleunigung, Verlangsamung oder plötzlichem Abbremsen, wie unser Denken, das ständig weitergeht, denn es kann nichts anderes. Nach fünf Tagen unter einem Dach mit Philippe, seinen Zweifeln und seinen Mikroben musste ich an die Luft, durch Paris laufen, meine Beine auf dem Asphalt bewegen, ohne Telefon, verfügbar für den Zufall. Meine Nerven lagen blank, und in solchen Momenten der Überhitzung lädt mein Kopf alles, was ich sehe, mit übertriebener Bedeutung auf. Ich mag dieses Gefühl nicht, das andere suchen, um zu spüren, dass sie leben, den Gral der Emotionen erreichen, die willkommene Anarchie, die ihren Alltag durchbricht. Ich misstraue allem, was mich stört. Die Erfahrung hat mir gezeigt, dass die Ruhe der einzige Zustand ist, in dem ich wirklich ich bin.

In der von heißen Abgasen gesättigten Luft kündigte sich der Sommer an. Wage ich zu sagen, dass ich den Geruch der Luftverschmutzung mag? Sie erinnert mich an meine Ankunft in Paris und die wunderbare Verheißung eines Lebens, das ich ganz meiner Kunst weihen würde. Ich verliere mich niemals in der Menge der Passanten. Sie verdammt mich nicht zu beängstigender Anonymität, sondern erinnert mich vielmehr daran, wer ich bin und wie einzigartig. Lucie Paugham, Marionettenspielerin. Schon immer und für immer. Ich überquerte die Seine und ging in eine Kirche. Ich bin in einer Familie ohne Religion aufgewachsen und bin Atheistin, wie jemand blaue Augen hat. Da ich selbst Demiurgin und mit der göttlichen Macht über meine Geschöpfe vertraut bin, kann ich in meinem Revier keinerlei Konkurrenz dulden. Trotzdem liebe ich die Kirchen, Fixpunkte in der Bewegung der Städte, in denen die Stille herrscht, das einzige akzeptable Wunder.

Ich hatte nicht damit gerechnet, vom Chor einen Gesang aufsteigen zu hören, der mich ergriff, sobald sich die schwere Tür hinter mir geschlossen hatte. Die Nonnen eines benachbarten Klosters waren vor dem Altar versammelt und sangen eine gregorianische Vesper. Ich ging durch das Mittelschiff nach vorn, um die Vorstellung zu sehen. Es war keine Vorstellung, aber als Häretikerin kann ich nur Publikum sein. Die Fröhlichkeit der Orgel begleitete das Glück der Schwestern in einer Welt, in der nichts geschieht. Diese Frauen hatten ihr ganzes Dasein einer Idee geweiht. Ich fragte mich, ob sie manchmal zweifelten. Ob sie manchmal wie Pessoa in seiner verqualmten Kammer, wie ich in meinem Atelier, über die Fotos meines Vaters gebeugt, an all die Leben dachten, die sie abgelehnt hatten. Kam es vor, dass sie die Panik des Zweifels, einer falsch gestellten Weiche empfanden, die uns zu weit in ein Dasein geführt hat, dessen ursprüngliches Ziel unterwegs abhandengekommen ist? Ändern heißt sich verleugnen. Deswegen ändert man so wenig. Das hieße einzusehen, dass man Zeit verloren hat, zuzugeben, dass man sich getäuscht und einen Teil seines einzigen und kostbaren Lebens vergeudet hat. Ich dachte an die Wahl der Untätigkeit, die Alexandre getroffen hatte. Indem er stets auf der Schwelle stehen blieb und flüchtete, sobald sich der Vorhang hob, hatte er sich erlaubt, nie zu wählen. Wer hatte recht? Er oder ich? Wie sollen wir leben, da niemand auf einer Wolke sitzt und über uns urteilt, eingezwängt zwischen unseren Eltern und unseren Kindern wie dicht aneinandergepresste Bücher im Regal?

In der Kirche, bezaubert von der unglaublichen Süße des Chorgesangs, wurde mir meine ganze Verantwortung für meinen Erzähler bewusst. Wenn ich ihn auf die Bühne schleifte, wenn ich seine Untätigkeit durchbrach, indem ich ihm eine poetische Rede in den Mund legte, die für einen Moment meinen Vater aufleben lassen würde, zerstörte ich ihn womöglich, wo ich ihn doch vor dem Selbstmord hatte retten wollen. Ich würde ihn nötigen, eine radikale Entscheidung zu treffen, die paradoxerweise auch die Entscheidung für den Zweifel sein würde. Und er würde wie ich den Preis dafür zahlen. Trotz der Jahre, meiner eisernen Disziplin und den wenigen Prinzipien, an die ich mich klammere, geißle ich mich weiter. Aber die Künstlerin in mir folgt ihrem Weg, ihre Stimme ist wie ein *Basso continuo*, ein Tinnitus, der einen jeden Morgen beim Aufwachen erwartet. Ich hatte die Kirche wegen der Verheißung des Friedens betreten und verließ sie verstört, aber entschlossener denn je, aus Alexandre denjenigen zu machen, der zu sein er immer geträumt hatte.

Agnès ging es nicht gut. Sie rief mich dreimal am Tag wegen irgendwelchem Blödsinn an und legte auf, ohne das Wesentliche zu erwähnen. Sie berauschte sich und berauschte mich mit Banalitäten. Robert hatte ein Ruinenfeld zurückgelassen. Er wurde nicht erwähnt, aber er war überall in ihrer Art, das Gespräch auszudehnen, obwohl wir uns nichts mehr zu sagen hatten, in den nervösen Sprüngen ihrer Stimme, in ihren Seufzern, die das Telefon noch dramatisierte.

Den Leuten ist nicht klar, dass ich arbeite, weil ich keine festen Zeiten habe. Sie kommen vorbei oder rufen an und haben mehr Respekt vor ihrem Bankberater als vor einer Marionettenspielerin, die in einem Hinterhof schuftet. Tja. Zwischen Agnès, Philippe und den Kindern auf der einen und meiner Arbeit auf der anderen Seite pendelte ich ständig wie zwischen zwei Welten. Als Alexandre das Atelier betrat, wusste ich, dass ein Verbündeter zu Hilfe kam, um das Gleichgewicht wiederherzustellen. Ich spürte sehr schnell, dass er nicht mehr derselbe war. Sein Blick war weniger ausweichend, und er hatte sich seiner Rüstung entledigt. Die Kleidung, die er mit neuer Lässigkeit trug, folgte den Formen seines Körpers, ohne ihn einzuschnüren. Abgesehen von seinem zweideutigen Lächeln, das mich an den alten

Alexandre erinnerte, schien nichts von seinem abstoßenden Zynismus übrig zu sein. Alexandre Lanier war da. Wirklich da, zum ersten Mal. Und zum ersten Mal fand ich ihn schön.

Wann genau verliebt man sich? Sind wir imstande, uns genau an den Augenblick zu erinnern, in dem wir dem Leichtsinn erlegen sind? Erst das Herz, dann der Körper? Oder umgekehrt? Ich erinnere mich, wie ich Philippe während einer Tournee in China kennengelernt habe. An jenem Abend hatten wir unsere jeweiligen Leidenschaften auf Stand-by gestellt. Wie man ein paar Minuten am Straßenrand stehen bleibt, um eine Landschaft zu bewundern. Ich versuche, meine Gefühle von damals wiederzufinden, von diesem ersten Abend in einem Restaurant in Peking und den Monaten, die darauf folgten. Vergeblich. Ich frage mich, ob wir nicht schon damals, ohne es zu wissen, Freunde waren.

Was ich für Alexandre empfand, war anders. Mit ihm gab es keinen Weg, keine Reise, keine Landschaft. Alles schien sich in einem Puppenhaus abzuspielen. Seine Anwesenheit erstickte mich, und das gefiel mir.

Ich gab ihm den noch warmen Text, den ich wie in Trance geschrieben hatte, während er sich in dem großen Haus in Kensington verkroch. Er lief nicht davon, um ihn allein bei sich zu Hause zu lesen. Er saß am Ende des langen Arbeitstisches und vertiefte sich sofort darin. Mein Erzähler, so kam es mir vor, hatte beschlossen, normal zu sein.

Ich dachte, meine Mutter hätte die Existenz der Fotokisten vergessen. Aber sie bemerkte ihr Verschwinden und rief erst meine Schwester und dann mich an, um sich aufzuregen.

Da meine Mutter und Agnès als Team auftraten, wurde ich schnell dieses Diebstahls des Familienerbes bezichtigt. In die Enge getrieben, gab ich es zu, und als meine Mutter fragte, was ich damit vorhätte, sagte ich die Wahrheit. Es gab ein langes Schweigen im Telefon. Meine Mutter hat seit zwanzig Jahren keins meiner Stücke mehr gesehen. Es interessiert sie nicht. Aus Prinzip schicke ich ihr weiter Einladungen, aber sie reagiert nie darauf, und das ist sehr gut so. Plötzlich zu erfahren, dass ich ein Stück über meinen Vater machen würde, war absolut niederschmetternd für sie. Ich bin ziemlich sicher, dass meine Mutter mich als Puppenspielerin auf dem Jahrmarkt sieht oder vor einer Kinderschar, die darauf wartet, dass ein Cousin des Kasperles mit seinem Stock auf einen anderen Cousin des Kasperles einschlägt. Sie begriff nicht, was mein Vater darin zu suchen hatte, und dachte, dass ich sie verschaukelte. Kleines Gehirn, kleines Gedächtnis. Der Selbstmord war eine zu große Tat für sie. Außerstande, sein Grauen, seine Bedeutung und die Folgen zu ermessen, hatte sie einen Schlussstrich unter seinen Tod gezogen und wollte einfach nichts mehr davon hören.

»Was ist das für eine Geschichte!«, keifte sie ins Telefon. »Ich verbiete es dir.«

Es war das erste Mal, dass meine Mutter mir etwas verbot. Ich lachte laut, was ihr gar nicht gefiel.

»Darf ich wissen, warum du es mir verbieten willst?«

»Weil die Fotos mir gehören.«

»Das ist ein Witz. Sie verschimmeln seit dreißig Jahren in der Garage. Diese Kisten wurden seit Papas Tod nicht mehr geöffnet.«

Ich bin zwar unfähig, zu meiner Mutter Mama zu sagen, hatte aber nie ein Problem, meinen Vater Papa zu nennen.

»Lass deinen Vater, wo er ist. Du hast keine Ahnung.«

Endlich kamen wir zum Eigentlichen. Zum Kern des Problems. Würde sie von ihrem Sockel steigen und auspacken? Ich hätte auflegen sollen. Ich tat es nicht, weil man der Wahrheit so schlecht widerstehen kann. Sie ist stärker als wir, sie ist stärker als die Kunst, deren erbitterte Konkurrentin sie ist. Ich hoffte, wieder einmal einen der Gemeinplätze zu hören, an denen sich meine Mutter berauschte und der ein folgenloses Gespräch beendet hätte. Aber es kam anders. Meine Mutter begann am Telefon zu weinen.

»Sein ganzes Leben lang hat er mich betrogen. Am Ende hat er sich nicht mal mehr versteckt. Die Weiber! Die Weiber! Sie haben ihn umgebracht!«

Sie brüllte.

»Du lügst!«

»Meine arme Tochter. Was bildest du dir ein? Alle hier wissen es. Nur deine Schwester und du, ihr habt euch immer geweigert zu sehen, was sich vor euren Augen abspielt.«

Ich legte mitten in ihrem Schluchzen auf. Sie rief wieder an, und ich schaltete mein Telefon aus. Meine Mutter log. Ich war und ich bleibe davon überzeugt. Ich bin sicher, dass sich mein Vater wegen nichts umgebracht hat. Es war ein Zusammentreffen von Zufällen. Er ist wegen eines Films abgetreten, wegen der Hitze, wegen eines Bräutigams, der ihn am Vortag als Zeuge für die Absurdität dieser ganzen Maskerade angerufen hatte, wegen einer Frage, die er sich selbst stellen gehört hatte und die ihn auf die Idee gebracht hat, Schluss zu machen. Er hat sich nicht wegen einer Frau umgebracht, sondern weil die großen Liebhaber des Lebens manchmal aus einer Laune heraus die Energie, die sie stets vorangetrieben hat, gegen sich selbst richten. Die Wahrheit meiner Mutter war uninteressant.

Mein Vater war unbeschädigt, ich nicht. Ich hatte soeben erfahren, dass ich vielleicht seit Jahren am eigenen Leib die Geschichte erlebte, die meine Mutter mit meinem Vater geteilt hatte. Ich hatte gedacht, ich wäre einem Fluch entgangen, indem ich ein einzigartiges Leben, mein Leben komplett neu erfand, jenseits der Grenzen meiner Kindheit, weit weg von dieser traurigen, trübseligen Frau – hatte ich mich getäuscht? Ich schwankte zwischen Tragik und Groteske. Ich lachte und weinte vor Wut.

Was sollte ich mit diesem Text zum Ruhme meines Vaters anfangen, nachdem mich meine Mutter nun so brutal gezwungen hatte, an meinen Erinnerungen zu zweifeln? Ich inszenierte darin meine liebsten Momente an der Seite des Mannes, den die Trivialität seiner Witwe soeben in einen banalen Provinzschürzenjäger verwandelt hatte. Ich dachte wieder an die alte Dame und die Dragqueen vor der Schwulenbar, an meine Blindheit, die mich schon in die Katastrophe von Lissabon geführt hatte. Bei Alexandre konnte ich meine Fehler korrigieren, aber die Vergangenheit konnte ich nicht umschreiben. Ich las den Text meines Stücks erneut, zweimal, dreimal, und fand ihn perfekt. Um in die Vergangenheit zurückzugehen, war ich einer Route gefolgt, die ich Etappe für Etappe selbst gewählt hatte, ohne von meinem Weg abzuweichen. Diese Vergangenheit gehörte mir, mein

Vater gehörte mir. Während meine Mutter nie etwas mit eigenen Händen zustande gebracht hatte, würde ich mit meinen Händen und einer schlichten Marionette auf meine Art die Liebe zurückgeben, die dieser Mann mir geschenkt hatte.

19

Clara und Paul hatten größte Mühe, Alexandre zu ertragen. Dabei strengte er sich gehörig an, ihr Vertrauen zurückzugewinnen. Seine Annäherungsversuche und Aufmerksamkeiten waren so ungeschickt, dass sie rührend wirkten. Er war es nicht gewohnt, nett zu sein. In seiner neuen Art, sich für die anderen zu interessieren, lag ein komischer Übereifer, der die beiden reizte. Aufs höchste konzentriert, zwang er sich, ihre Blicke auszuhalten und Normalität zu heucheln. Er verzichtete darauf, sich ständig einzumischen, unterbrach uns nicht mehr, wie er es vor seinem Verschwinden so oft getan hatte. Er hatte so schlecht und schon so lange in seine Rüstung der Willensschwäche gezwängt gelebt, dass er alles zum ersten Mal zu tun schien. Hinter dem Zyniker, dem mondänen Dandy, dem steifen Salontänzer verbarg sich ein gottverlassener kleiner Junge, der Jahre damit verbracht hat, ein und dieselbe Schulklasse zu wiederholen.

Ich fürchtete, dass Alexandre der Hochmütige das eifrige

Bemühen von Alexandre dem Loyalen unterlaufen würde, und tat alles, um seine Beziehung zu Clara und Paul zu entspannen. Nach Lissabon hatten beide erwartetet, nie mehr mit dem Dreckskerl zu tun zu haben, der sich einfach verdrückt hatte. Seine Rückkehr war wie ein Schlag ins Gesicht. Clara sagte »er oder ich«, und als sie begriff, dass meine Wahl auf ihn fallen würde, war sie wütend, aber sie blieb.

Dominique kam öfter vorbei, um uns zu erklären, wie man den in alle Richtungen beweglichen Projektor bediente, mit dem Paul wie bei einer *Slideshow* die Fotos der Brautleute auf den weißen Körper meiner Marionette fokussieren konnte. Wir mussten präziser sein denn je, vor allem ich. Zwar wussten alle drei, dass das Stück meinem Vater gewidmet war, aber ich wusste nicht, was sie davon hielten. Sie taten ohne Kommentar, worum ich sie bat. Alexandre wurde allmählich der Schauspieler, den er nicht in sich abzutöten vermocht hatte. Ich hatte das Gefühl, dass er es endlich begriff. Und akzeptierte. Ich fand ihn jeden Tag etwas verführerischer, wie verwandelt durch die Freude, die er daran fand, seinen Text zu sprechen. Sein Körper löste sich, die diversen Knoten, die ihn bisher gefesselt hatten, verschwanden einer nach dem anderen.

Man vergisst, wie sich die Lust anfühlt, und wenn sie vorbeikommt, erkennt man sie nicht mehr als das, was sie ist. Man gibt ihr in aller Aufrichtigkeit andere Namen. Alexandre zog mich an, aber für mich war es nur die normale Anziehungskraft des Schauspielers, die ohne Folgen bleibt.

Die Enthüllungen meiner Mutter hatten mich ziemlich mitgenommen. Mir grauste bei dem Gedanken, dass ich mit Philippe erlebte, was meine Mutter mit meinem Vater erlebt hatte. In meinem Kopf geriet alles durcheinander, und das Ergebnis war erbärmlich. In wenigen Tagen war ich eine alte, hässliche Frau geworden, ein Abbild derjenigen, die mich geboren hatte. Ich würde enden wie sie. Dazu kam der plötzliche Wunsch, nach Hause, das heißt zu Philippe zurückzukehren, womit ich mich gefährlich dem erbärmlichen Vorbild näherte, dem ich doch eigentlich entgangen zu sein hoffte.

Eines Abends rief mich Philippe im Atelier an und schlug mir vor, ihn in der Nähe der Place Vendôme in einem Restaurant zu treffen, in dem er oft seine Geschäfte abwickelt. Er hatte noch Fieber, aber er wollte auf seinem Terrain mit mir sprechen. Ich überschreite die Grenze zwischen seiner und meiner Welt nur selten. Wenn ich es tue, bin ich immer verblüfft von dem Luxus, der den Alltag meines Gatten ausmacht. Die Kluft fasziniert mich, ohne mich zu beeindrucken. Als Künstlerin gehöre ich in keine Klasse und bin überall zu Hause. Den Reichen und den Armen packt die gleiche Verwirrung, wenn Théodora sich ihm nähert und ihn, auf dem Bühnenrand sitzend, beobachtet. Philippe ist kein Künstler, und ich frage mich, wie er die Arroganz der Leute erträgt, mit denen er zu tun hat.

An jenem Abend schüttelte er in der gedämpften Atmosphäre des Stammlokals der Juweliere mehrere Hände und scherzte mit dem Oberkellner. Ich stellte wieder einmal fest, dass er dort zu Hause war, ein Söldner in Multifunktionsjacke, anerkannt, legitim und effizient. Wir unterhielten uns. Sein Plan konkretisierte sich. Ein amerikanischer Diamantenhändler hatte ihm die Vertretung seiner Marke auf dem europäischen Markt angetragen. Das Angebot reizte ihn. Er meinte, es sei kein Zufall. Ich war überzeugt, dass seine Entscheidung schon gefallen war. Er hatte mich nicht ins Restaurant eingeladen, um mich zu überzeugen, sondern um mir eine Zukunft aufzuzwingen, die er schon in allen Details organisiert hatte. Ich war wie vor den Kopf geschlagen. Zwanzig Jahre lang hatte ich mit einem abwesenden Mann gelebt. Durch die Umstände gezwungen, hatte ich mich erst damit abgefunden und schließlich Gefallen daran gefunden. Jetzt wurde alles infrage gestellt. Plötzlich war ich die Frau eines Mannes, der sich seit einer Woche mit steifen Gliedern durch das Haus schleppte, sich lautstark die Nase putzte und mir mitteilte, dass er nicht mehr reisen wolle.

Dann schilderte er mir Szenen aus dem Film, den er mit uns drehen wollte. Es war ein Festival zweifelhafter Clips in künstlichen Farben, die seltsamerweise meinen Beruf und seine Zwänge gänzlich außer Acht ließen. Wir auf dem Land, Hecken schneidend und unter dem Vordach zu Abend essend. Wir im Urlaub in Triest, Santiago oder Kyoto. Wir vier auf dem Segelboot, das er sich kaufen wollte. Er als Jogger, als Koch, als Vater, als Ehemann. Wie aus einer langen Gefangenschaft zurückgekehrt, nahm er sogleich schamlos jeden Moment unseres Lebens in Beschlag, ohne uns zu fragen. Philippe ist ein Diktator der schlimmsten Sorte. Der Sorte, die dich um jeden Preis glücklich machen will. Jahrelang hatte er seine häusliche Tyrannei über uns ausgeübt, indem er niemals da war, jetzt verließ er sich auf unsere Bereitschaft, uns seinen neuen Stil auferlegen zu lassen. Mit selbstbewusster Begeisterung verbrachte er den Rest des Abends damit, mir ein neues Leben zu verkaufen, er im Zentrum, vielleicht treu, auf jeden Fall omnipräsent, in dem die Kinder und ich verheißungsvolle Nebenrollen spielen würden.

Ich dachte darüber nach, dass Alexandre weder seine Gewandtheit noch seine Phantasie besaß, um sich eine neue Persönlichkeit zu erfinden. Philippe beherrschte die Kunst des Doppel- wenn nicht gar Dreifachlebens, während mein Erzähler im Atelier die Erfahrung der Schizophrenie machte. Philippe war ein Falschspieler, der sich zu seinem Vergnügen größer machte, während Alexandre aus Ohnmacht log, um die Abgründe seines armseligen Daseins zu füllen. Dabei hatte der Mann, mit dem ich mein Leben teilte, ein weitaus suspekteres und unheimlicheres Leben geführt als mein Schauspiellehrling. Alexandres verborgenes Gesicht war enttäuschend, aber wenigstens war es mir vertraut. Er bewegte sich verloren durch eine Gedankenwelt, die mit meiner verwandt war. Seine widerwillige Dreistigkeit, sein gequälter Körper, seine sich selbst verleugnenden Gesten rührten an mein tiefstes Inneres, das seit der Kindheit unter den Jahren von Anstrengung und Disziplin verborgen war, die ich mir auferlegt hatte, um meinen Weg zu gehen.

Ohne ihm meine Absicht zu offenbaren, beschloss ich an jenem Abend symbolisch, Philippe zu verlassen. Wie er es zehn Jahre zuvor in Volubilis mit mir getan hatte. Ich würde mir ebenfalls mein Geheimnis gönnen, aber es würde ein Juwel sein, das nie das Tageslicht erblicken würde.

Am Vortag hatte mich Olivier du Mesnil erneut nach meiner Autobiographie gefragt. Ich hatte ihn um etwas Zeit zum Nachdenken gebeten. Nach dem Gespräch hatte ich die unsystematischen Notizen hervorgeholt, die ich seit Lissabon gelegentlich gemacht hatte. Sie waren nicht zu gebrauchen. Es war an Dominique André, die Geschichte unseres Berufes zu schreiben, ich konnte das nicht. Ich hatte nur die Geschichte meiner Entwicklung festgehalten, und das ging nur mich etwas an. Als ich die Notizen las, war ich verblüfft, wie beschränkt mein Leben durch diverse Prinzipien war. In London hatte mir Alexandre im Lüstersalon meinen Wunsch vorgeworfen, über mich hinauszuwachsen, der in seinen Augen höchst suspekt war, aber auch meine Strenge. Wer war ich ohne meine Prinzipien? Ein Körper, der jahrelang in ein starres Ehefrauenkorsett gezwängt gewesen war. Von dieser Umklammerung befreit, musste er erst wieder lernen, gegen die Schwerkraft zu kämpfen. Mein Vater hatte meine Mutter betrogen, Philippe hatte mich betrogen, Agnès betrog Antoine, wenn sie von Robert träumte. Warum? Hatte das Begehren, hatte die Lust die Welt gelenkt, während Théodora auf ihrer Chaiselongue vor sich hin träumte? Wo war ich die ganze Zeit gewesen? Jetzt war ich bereit, mir selbst gegenüberzutreten. Alexandre, selbst seiner Rüstung entledigt, hatte angefangen, die Bänder meines Korsetts zu lösen, und ich war entschlossen, ihn gewähren zu lassen.

Nach und nach entdeckte ich in mir einen verliebten Fetischismus, den ich nie gekannt hatte. Lange hatte ich diese Hexerei aus Zeichen, die zu uns sprechen, und Entscheidungen, die keine sind, geleugnet, jetzt versank ich beglückt in den Hirngespinsten der Vorherbestimmung. Die Distanz zwischen uns schwand. Wir hatten angefangen uns zu duzen. Ich dachte, ich wäre von meinem Stottern geheilt, aber ich täuschte mich. Manchmal ließen Müdigkeit oder Gereiztheit es zurückkehren. Ich lebte damit wie mit einem Klumpfuß, mit dem man trotzdem rennen kann. Zu meiner großen Überraschung hatte Alexandre instinktiv begriffen, dass man mich am Stottern hindern musste. Er fiel mir ins Wort, sobald ich ins Stocken geriet. Jeder Tag brachte eine Menge Neues. So entdeckte ich bei Alexandre einen bislang verborgenen Humor. Der Humor ist eine gefährliche und selbstlose Hingabe, die uns der möglichen Großzügigkeit der anderen ausliefert. Mutig unternahm er mehr oder weniger gelungene, mehr oder weniger passende Vorstöße und gab trotz unserer Verblüffung nicht auf.

Der Sommer war verfrüht hereingebrochen, im Atelier war es erstickend heiß. Die Spannung stieg, während die Premiere näher rückte, die in der Nähe von Heidelberg in dem kleinen Experimentaltheater stattfinden sollte, in dem sich unsere Innung alle zwei Jahre zu einem ganz privaten Festival trifft. Es ist unser liebster Ort für das Wiedersehen unter Kollegen. Dort würde ich *Die Frauen, die Dichter, die Vögel, die kandierten Früchte* präsentieren, meine Expressinszenierung, sechs Monate nach dem Crash in Lissabon. Annetta hatte das Terrain bereitet, damit man mich nicht wie ein seltsames Untier empfing. Ich riskierte eine Menge, aber ich war meiner sicher. Ich hatte im Fieber und in größter Dringlichkeit mein ehrgeizigstes Stück geschrieben, und ich wusste schon, dass es zum Vorbild für kommende Generationen werden würde. Clara und Paul waren total gestresst, während man Alexandre nichts anmerkte. Er sah mir mit neuem Interesse bei der Arbeit zu. Er schien mich um meine wortlose Beziehung zu meiner Marionette zu beneiden. Im Unterschied zu Théodora erschreckte ihn diese nicht. Er, der nie Fragen stellte, respektierte endlich meine Arbeit.

Philippe ging es besser. Er hustete noch ein bisschen, hatte aber seinen Elan wiedergefunden. Am Abend vor meiner Abreise nach Heidelberg verkündete er uns beim Essen, dass er die Stelle angenommen habe, die man ihm in Paris anbot. Ein paar Sekunden lang zeigten die Kinder keine Reaktion. Die nötige Zeit, vermute ich, um zu rechnen und abzuschätzen, was sie verlieren und was sie gewinnen würden, wenn sie ihren Vater zurückbekamen. Das war ein Umsturz, eine neue Ordnung, deren mögliche Verpflichtungen sie fürchteten. Philippe öffnete eine Flasche Champagner und rief Agnès und Antoine an, die zu uns kamen. Auch sie wussten nicht, wie sie reagieren sollten. Sie verloren von einem Tag auf den anderen die beiden Kinder, die sie mit großgezogen hatten.

Wir stießen auf die Katastrophe an. Alle wussten, dass ich nach Deutschland fuhr, aber niemand erwähnte es. Die andere Katastrophe, die von Lissabon, war so wenig besprochen worden, ich hatte sie zu einem solchen Tabu erhoben, dass es nicht mehr möglich war, ganz zwanglos über meine Arbeit zu sprechen. Die Schnelligkeit, mit der ich eine neue Marionette geschaffen und mir für sie eine Geschichte ausgedacht hatte, beunruhigte alle. Ich hatte sie an einen anderen Rhythmus gewöhnt, und meine schöpferische Raserei schien unter keinem guten Vorzeichen zu stehen. Obwohl Philippe Zeit hatte, bevor er seinen neuen Job antrat, hatte er mir nicht vorgeschlagen, mich zu begleiten. Agnès wusste von den Kindern, dass meine neue Marionette etwas mit unserem Vater zu tun hatte. Sie stellte mir keine Fragen. Nachdem sie mir jahrelang vorgeworfen hatte, mich von der Vergangenheit abzuwenden, wollte plötzlich sie nichts mehr davon hören.

20

Am Abend der Premiere in Heidelberg holte sich Lucie Paugham ihren Ruhm zurück und Alexandre Lanier wurde endlich Schauspieler. Nach diesem Erfolg zeigten wir das Stück ein Jahr lang überall, wo unsere Kunst willkommen ist. Vor einem Monat hatten wir die letzte Vorstellung. Es war höchste Zeit, dass die Tournee endet. Clara und Paul waren erschöpft und kurz vor dem Durchdrehen. Ich konnte meinen Kindern nicht mehr in die Augen sehen. In meiner Abwesenheit war die Stimmung trüb. Niemand hatte Lust, in Philippes Werbespots zum Ruhm der idealen Familie mitzuspielen. Wenn ich zwischen zwei Terminen nach Hause kam, verbrachte ich die wenigen Ruhetage damit, mir die Klagen der einen und der anderen anzuhören. Und wenn ich wieder aufbrach, hatte ich das Gefühl, meine drei Hunde im Tierheim abzugeben. Das tat weh. Als die Tournee vorbei war, habe ich drei Wochen damit verbracht, das Haus in Ordnung zu bringen. Meine Kinder litten entsetzlich unter fehlender Alltagsroutine, und ich bemühte mich sofort, eine neue Ordnung für uns zu erfinden.

Gestern bin ich im Landhaus angekommen. Allein. Um über mein neues Stück nachzudenken. Alexandre ist für ein paar Tage nach London gefahren. Er will heute Abend anrufen. Um mich vom Warten abzulenken, habe ich mir gerade den Film von der Premiere angesehen, den Dominique André für mein Archiv gedreht hat. Ich habe nie etwas Besseres gemacht als dieses Stück über meinen Vater. Von einem weißlichen Lichtkranz umgeben zeichnen sich Dutzende Bräute wie Tattoos auf dem Körper meiner Marionette ab, während Alexandre mit übergeschlagenen Beinen meinem Vater seine Stimme gibt. Es war das erste Mal, dass er sich in der Öffentlichkeit zeigte. Er spielte um sein Leben. Er hatte eine Feierlichkeit, die er inzwischen verloren hat.

Alexandre hat entschieden, dass wir ein Paar werden. Ich hätte nie gewagt zu tun, was er in Heidelberg getan hat. Er ist mitten in der Nacht in mein Hotelzimmer gekommen und hat mich in der Dunkelheit ohne ein Wort in die Arme genommen. Hat er an jenem Abend bemerkt, dass seine Hände zitterten? Wir haben seither viele Nächte miteinander verbracht. Wir haben nichts abgemacht, uns nichts versprochen. Alexandre lernt an das zu glauben, was er erlebt, und ich bin die ideale Person, um ihm dabei zu helfen. Ich bin zehn Jahre älter als er, und ich habe immer gekämpft, während er vor den Hindernissen zurückwich, die er auf seinem Weg fand. Sein Zynismus hat ihn in sich selbst eingesperrt, und sein rein fiktives Geheimleben hat ihm erlaubt, der geniale

Schauspieler zu werden, den das Publikum jeden Abend erlebt.

Ich habe mich endgültig der Lumpen entledigt, mit denen mich meine Mutter bekleidet hatte. Ich habe erlebt, was sie niemals erfahren wollte. Die gefährliche Überraschung, das Abenteuer. Trotz meiner Grenzen, denn ich habe immer noch große Mühe, mich gehen zu lassen. Mit Alexandre sehe ich wie im Spiegel die Zurückhaltung, die mich daran hindert, in das Geheimnis der anderen einzudringen, und das hilft mir zu begreifen, warum ich so bin. Ebenso wie ich hat er nie jemandem vertraut. Ich weiß, dass er früher oder später, mitgerissen von seinem Talent, seine Vorsicht verlieren und echte Leidenschaft erleben wird. Er wird endgültig verschwinden, und ich werde mein wackliges Dasein mit Philippe wieder aufnehmen. Egal. Wenn ich zurückkehre und Alexandre davongeflogen ist, kann ich meine Erinnerungen in lebendiges Theater verwandeln. Das ist das Privileg des Künstlers.

Der Künstler kennt keine Wehmut, weil für ihn nichts stirbt. Er ist nie wirklich traurig, und wenn er sich tötet, dann weiß er, dass er alles gesagt hat. Vor kurzem hatte ich Angst, mein letztes Stück geschrieben zu haben. Ein geschlossener Kreis. Als wäre ich leergelaufen. Ich habe mit Alexandre darüber gesprochen. Er hat mir vorgeschlagen, mit ihm an einem Stück über Méliès zu arbeiten, ausgehend von seinem verfluchten Manuskript. Warum nicht?

Seit einer Woche sehe ich zu, wie hinter der Glasfront des Wohnzimmers der Schnee fällt, und denke über dieses Projekt nach. Es wird ein zwitterhaftes Stück, in dem Alexandre nicht mehr nur einfach Erzähler sein wird. Ich will ihn über die Bühne laufen sehen, ich will, dass er den Raum erobert, der ihm zusteht. Heute früh war Robert hier. Er denkt über eine neue Marionette nach, so kompliziert wie Théodora, mit den müden Bewegungen und der runzligen Seele eines schönen Greises. Robert ist glücklich, und sein Glück macht ihm Lust, alles gut zu machen. Er hat einen Termin bei einer Galerie in Nantes, der er Fotos seiner letzten Gemälde geschickt hatte. Er glaubt daran, ich auch.

Das Verhältnis zwischen Agnès und mir ist wieder abgekühlt. Sie hat mein Stück bei der letzten Vorstellung gesehen und war entsetzt. Ich sehe sie noch zwischen den Gästen des Festes herumirren, das wir im Atelier gegeben hatten, um das Ende der Tournee zu feiern. Rot vor Zorn, den sie hier und da in kleinen, gezielten Spritzern verteilte. Ich habe sie den ganzen Abend im Auge behalten, aus Angst, sie würde einen Skandal machen, um die Wahrheit über unsere Kindheit zu verkünden.

»Ich hätte das nicht getan«, sagte sie, als sie ging.

Seitdem herrscht Funkstille. Ich warte, dass sie anruft, damit ich ihr meine Denkweise erklären kann. Natürlich hätte sie das nicht getan. Sie und ich hatten nicht dieselbe Kindheit. Meine mondbleiche Marionette ist nicht ihr Vater. Es ist meiner. Ich muss ihr erklären, dass wir nicht dieselben Eltern hatten und dass das in allen Familien so ist.

Ich werde diese Seiten niemals Olivier du Mesnil zeigen. Sie werden zur Grundlage eines Stücks, später, vielleicht. Ich bin Künstlerin, und die Wahrheit ist nicht meine Stärke. Wenn ich mir den Film dieser ganzen Geschichte vor Augen führe, sage ich mir, dass es sich dann um eine echte Erfahrung handelt, wenn sie uns überrascht. In meinem Fall war es eine doppelte Überraschung. Ebenso wie uns manche Medikamente vergiften, während sie uns heilen, retten uns manche Menschen, indem sie uns zerfetzen. Alexandre schwebte über meinem Kopf wie der Raubvogel über seiner winzigen Beute, bevor er mich mit seinem Schatten zugedeckt und sich auf mich gestürzt hat. Ich habe auch begriffen, dass gestern, heute und morgen beliebige Worte sind, die einzeln überhaupt keinen Sinn haben, und dass das Leben nicht erträglich ist, wenn die Triade nicht komplett ist. Jahrelang habe ich ohne mein Gestern gelebt, wie ein Großkotz, der seinen Sportwagen auf zweihundert jagt, als wäre die Vergangenheit ein fester Punkt, von dem man sich nur entfernen muss, indem man vorangeht. War also Alexandre der Messias, den man erwartet und zugleich fürchtet? Der im rechten Moment kommt, wenn uns die Ruhe lähmt? Wenn uns unsere Prinzipien endgültig erstarren lassen? Wenn wir anfangen, uns so langweilig zu finden, dass wir die ganze Zeit schlafen möchten?

Mein Vater hat sich ein paar Tage vor meinem fünfzehnten Geburtstag aufgehängt. Der Logik nach müsste ich bei den Verrückten sein, zumindest ein paar Aufenthalte bei ihnen absolviert haben. Ich bin der lebende Beweis, dass wir alle eine Dehnbarkeit in uns haben, dank der wir unsere Form ändern können, wenn es notwendig ist. Unsere Phantasie und unser Wille geben uns eine Menge Tricks an die Hand, mit denen wir uns ständig neu erschaffen. Wie der ruinierte

Spieler eines Abends am nächsten Tag den Jackpot knackt. Die Erinnerung lässt sich bezwingen. Nicht indem wir sie ignorieren, sondern indem wir ihr einen Platz in unserem Leben geben. Die Vergangenheit ist eine unsichere Fiktion. Sie ist ohne festen Wohnsitz, irrt herum, auf der Suche nach einem Platz, um sich niederzulassen. Wenn sie einmal ihren Platz gefunden hat, strahlt sie sanft und lässt uns in Ruhe. Ich lerne, etwas weniger hart gegen die anderen und mich selbst zu sein. Ich werfe Ballast ab, auch wenn dieses Abwerfen manchmal mit leichter Übelkeit einhergeht.

Der verschneite Garten vor dem Fenster funkelt wie ein Salzmeer. Die Dunkelheit hat eine perfekte Stille mit sich gebracht. Alles ist in Ordnung, endlich.

Sophie Bassignac
Familiäre Verhältnisse
Roman
Aus dem Französischen von Claudia Steinitz
192 Seiten, gebunden
ISBN 978-3-455-00128-0
Atlantik Verlag

Isabelle liebt Pierre, so viel steht fest. Doch sie wird ihn erst heiraten, wenn ihre Familie ihn für geeignet befunden hat. Also nimmt sie ihn mit auf das Landgut der Großeltern, wo sich die Familie jeden Sommer versammelt. Doch was Pierre für eine reine Formalität gehalten hat, entpuppt sich als wahrer Albtraum. Unversehens findet er sich unter Exzentrikern wieder: ein Großvater, der einer koreanischen Studentin schmachtende Haikus schreibt, eine Mutter, die als Cowgirl und Dessous-Designerin in Erscheinung tritt, und eine Schwester, die sich für die Liebe als Pfau verkleidet. Um von ihnen akzeptiert zu werden, muss Pierre sich einer ganz besonderen Prüfung unterziehen … Warmherzig und voller Humor erzählt Sophie Bassignac von der Kunst des familiären Zusammenlebens.

Sophie Bassignac
Verkettung glücklicher Umstände
Roman
Aus dem Französischen von Claudia Steinitz
288 Seiten, Taschenbuch
ISBN 978-3-455-00607-0
Atlantik Verlag

Adélaïde ist verzweifelt – nicht nur, dass sie unglücklich in Ivan, den Nachbarn ihres Kollegen verliebt ist. Jetzt wurde aus dem Museum, dessen Direktorin sie ist, auch noch ein wertvolles Gemälde gestohlen. Verdächtig ist Adélaïdes Assistent Étienne, um dessen Ehe es alles andere als gut steht. Weshalb er aber auch nicht merkt, dass die Schauspielerin Héloïse sich Hals über Kopf in ihn verliebt hat. Ein Liebeswirrwarr, das nur eine Frage zulässt: Warum verlieben wir uns überhaupt noch? Und wenn, dann immer in genau die Person, die uns schlichtweg nicht zu sehen scheint? Erst als ein weiterer Kunstraub geschieht und Étienne verhaftet wird, geraten die Dinge plötzlich in Bewegung …